KB194289

내 삶의 주인으로 살아라
————————
1%의 행동으로
꿈을 찾아라

1%의 행동으로 꿈을 찾아라

초판인쇄	2018년 04월 05일
초판발행	2018년 04월 10일
지은이	이송이
발행인	조현수
펴낸곳	도서출판 프로방스
마케팅	최관호 최문섭
IT 마케팅	신성웅
편집교열	맹인남
디자인 디렉터	오종국 Design CREO
ADD	경기도 고양시 일산동구 백석2동 1301-2
	넥스빌오피스텔 704호
전화	031-925-5366~7
팩스	031-925-5368
이메일	provence70@naver.com
등록번호	제2016-000126호
등록	2016년 06월 23일
ISBN	979-11-88204-34-2 03810

정가 15,000원

내 삶의
주인으로 살아라

1%의 행동으로
꿈을 찾아라

이송이 지음

프로방스

"삶 속에 꿈을 담아내고
더 많이 행복하세요"

나는 평범한 공무원이자 세 아이 엄마다. 아이를 키우며 직장 생활을 하느라 항상 바쁘고 피곤하다. 모든 워킹 맘들이 그렇듯 열심히 살면 살수록 내가 사라지는 느낌이었다. 치열한 삶 속에 내가 설 자리는 없었다.

나도 꿈이 있는데… 내 이름 석 자가 있는데… 온전한 내 자신의 삶을 살아보고 싶었다. 내 꿈을 찾아가는 과정에서 제일 중요한 것이 책을 읽고 강의를 듣는 일이었다.

지금도 그때만 생각하면 가슴이 벅차다. 우연히 교육수기에 응모해서 들은 공무원 대상 책쓰기 특강에서 꿈이 꿈틀거리기 시작했다. 서른다섯에 찾아 온 내 인생의 터닝 포인트다.

"성공한 사람이 책을 쓰는 것이 아니라 책을 써서 성공하는 것이다."

"평범할수록 책을 써라"

지금까지 전혀 몰랐던 세계였다. 강의시간 내내 심장이 터지는 줄 알았다. 강의를 들으면서 책을 쓰는 세계에 대한 동경이 마음을 채웠다. 나도 내 삶을 책 속에 담고 싶다는 꿈이 마음속에 자리 잡았다.

초등학교 때 온갖 백일장을 휩쓸며 꿈꾸던 작가라는 꿈… 너무 오랫동안 꽁꽁 싸 매 두었던 꿈이 격렬하게 움직였다. 꿈이 되살아나자 바로 실행에 옮겼다. 지금 행동하지 않으면 열정이 그리고 겨우 세상 밖으로 탈출한 꿈이 다시 사그라지기라도 할까 봐 겁이 났다.

책을 써 내는 일은 결코 쉽지 않았다. 시간이 절대적으로 부족했다. 책 쓰기에 치우치면 가정이 삐걱거리고 아이들에게 집중하다 보면 책을 쓸 시간이 없었다. 그래도 돌파구는 있었다. 아이들이 자는 새벽을 이용했다. 새벽시간이 없었다면 이 책은 못다 핀 꿈이었을 것이다. 지금까지 살아 온 내 인생을 갈무리하고 앞으로 채워 나갈 인생을 담았다.

처음에는 내 꿈을 찾는답시고 가족들에게 너무 많은 희생을 강요했다. 세 아이 엄마이자 직장인인 내게 책 쓰기까지 더해진 이 삶이 축복인지 재앙인지 헷갈렸다. 나 자신의 행복과 아이들의 행복이 수시로 부딪혔다. 삶이 뒤엉키고 마음이 답답할 때마다 글을 썼다. 뒤엉킨 삶을 글로 풀어보려 애썼다.

책을 쓰며 더 큰 꿈을 꾸었고 꿈을 향해 걷는 과정 속에서 꿈과 엄마라는 역할 사이의 균형을 잡는 방법을 배웠다. 삶과 꿈, 둘 사이의 줄다리기는 앞으로도 계속될 거지만 휘청거릴지언정 포기하진 않을 것이다.

우물 안 개구리로 살던 내가 우물 밖 세상을 알았다. 현실에 눌려 꿈조차 꿀 수 없었는데 꿈을 꾸며 행복을 배운다. 평생 글 쓰는 사람으로 살아가길 소망하면서 오늘도 일기장과 블로그에 글을 쓴다. 블로그에 글을 쓰면 생각지도 못했던 많은 사람들과 만나게 된다. 귀한 인연들은 삶을 풍요롭게 해 준다. 하루하루가 감사한 일들의 연속이다.

내가 지금부터 하려는 이야기는 완료형이 아니다. 이미 정상에 오른 대단한 이야기도 아니다. 처음 마음속에서 꿈틀거리던 꿈의 씨앗을 알아봐주고 어떻게 꽃 피우게 되었는지에 대한 스토리다. 세 아이를 키우는 엄마로 직장인으로 현실을 딛고 서서 원하는 꿈을 이뤄가는 평범한 옆 집 엄마의 생생한 모습을 만날 수 있다.

엄마 그리고 온전한 나 자신으로 살아내기 위해 하루하루 후회 없이 산다. 이 삶에서 새벽을 꿈에 다가가기 위한 시간으로 투자했다. 머릿속에 떠오르는 생각들을 실행에 옮겼다. 꿈에 실행력을 더하자 무료했던 삶이 가슴 설레는 인생으로 디자인되고 있다.

이 책을 읽고 누군가의 가슴이 뛰기 시작하고 동기부여 된다면 참으로 감사할 일이다. 내가 당신 삶의 일부가 될 수 있도록 허락해 준 것에 미리 감사한다.

딸이 하고자 하는 것은 무조건 응원해 주시는 부모님, 부족한 며느리를 언제나 사랑으로 보듬고 지지해 주시는 시어머니께 감사드린다. 언제나 묵묵히 내가 하고 싶은 일을 믿고 지지해 준 남편이 있었기에 끝까지 이 책을 쓸 수 있었다. 엄마와 함께 할 많은 시간을 엄마의 책 쓰기에 빼앗겼음에도 무럭무럭 자라면서 밝고 활기차게 생활해 준 귀하고 귀한 보물들인 민아, 민혁, 민유에게 이 책을 바친다.

　이 책을 읽는 모든 분들이 삶 속에 꿈을 담아내고 더 많이 행복해지
길 바란다.

　2018년 행복이 엿보이는 봄날
　행복한 꿈쟁이 작가 **이송이**

이 책을 읽고 누군가의
가슴이 뛰기 시작하고 동기부여 된다면
참으로 감사할 일이다.
내가 당신 삶의 일부가 될 수 있도록
허락해 준 것에 미리 감사한다.

Contents | 차 례

<제 5 장>
꿈꾸는 여자가 행복하다 _ 211

PART
01

나는 왜 행복하지
않은 걸까

살아가는 동안 우리는 끊임없이 행복을 원한다.
어떻게 해야 행복한 삶을 살 수 있을까,
왜 지금 행복하지 않은 것인가, 항상 스스로에게 질문을 하면서 살아간다.
'이렇게 시간을 쪼개가면서 열심히 살고 있는데
가슴 한 구석이 텅 빈 이 느낌은 무엇일까?'
나의 삶의 변화는 이 행복에 대한 진지한 고민에서 시작되었다.

01 | 나는 왜 행복하지
     않은 걸까

 나는 워킹 맘이다. 10년차 공무원이자 세 아이 엄마다. 남편도 같
은 직종에 종사한다. 흔히 말하는 안정된 직장에 다니고 한창 예쁜 짓
만 골라하는 아이들이 셋이나 있다. 남들이 보기에는 부족한 것이 없
어 보인다. 레프 톨스토이의 소설 《안나 카레니나》는 "행복한 가정은
모두 모습이 비슷하고, 불행한 가정은 모두 제각각의 불행을 안고 있
다."라는 문장으로 시작한다. 그렇다. 우리 집은 평범하지만 행복한
보통 가정이다. 그런데 꽤 오래전부터 의문이 자꾸 들었다. 난 행복한
가. 이런 삶이 행복한 삶인가. 하루에도 몇 번씩 답도 없는 이 의문이
밀어 들어왔다 다시 멀어지곤 했다. 밀물과 썰물처럼.
 얼마 전 아이들이 노는 모습을 보면서 '애들은 참 행복 하구나' 라
는 생각이 문득 들었다. 조그만 장난감과 과자 한 봉지에 마냥 웃고 떠

들고 지치면 자고. 그러다 벌떡 일어나 또 놀고. 걱정 없이 웃고 떠드는 모습을 보고만 있어도 흐뭇했다.

만화가 김보통이 집 앞 도서관에 강연 온 적이 있다. 누구인지도 모르고 강연이라면 그저 좋아서 그 강연을 들으러 갔다. 강연을 듣고 그의 진솔한 삶에 빠져 그의 수필집《아직, 불행하지 않습니다》를 읽었다. 책을 통해 그의 삶을 엿볼 수 있었다. 남들 하는 대로 대기업에 취직했다. 근데 대기업 생활을 하면 할수록 행복하지 않고 자꾸 불행해졌다. 그만두려 했다. 아버지가 그만두지 말라고 했다.

이미 살아 본 인생 선배의 말을 거역할 수 없어 꾸역꾸역 다녔다. 그러다 아버지가 암에 걸려 돌아가셨다. "행복하게 살아"라는 그 말 한마디를 유언으로 남겼다. 아버지가 돌아가신 그 해 그는 아버지 말대로 행복하게 살기 위해 대기업을 당당히 걸어 나온다. 그리고 그 다음해 아버지 암 투병 이야기를 모티브로 만화를 그린다. 그 제목인《아만자》는 '암환자'를 소리 나는 대로 적은 것이다. 주변 사람들의 우려를 뒤로하고 가장 그다운 모습으로 만화가로 데뷔한다. 그런 그는 세상을 향해 아직 불행하지 않다고 외친다.

행복이라? 행복은 무엇일까, 행복하냐고 물으면 행복하다고 대답할 사람은 얼마나 될까. 내가 지금껏 열심히 살아온 이유도 행복하려고, 행복한 삶을 만들기 위해서였다. 늘 행복에 방해받지 않는 선택을 했다. 행복에 다다르는 그 목표를 이루려고 노력했다.

경제협력개발기구(OECD) 회원국 중에 한국이 자살률 1위라는 것은 이제 뉴스도 아니다. 얼마 전 최고의 인기 아이돌 가수가 자살 했다. 화려했던 연예인 생활 뒤에서 우울증에 시달리던 그는 결국 생을 포기 했다. 많은 사람들이 안타까워했다. 그는 겉보기에 행복해 보였다. 행복 한 줄 알았다. 대중의 관심과 사랑을 듬뿍 받는 삶 속에서 행복하게 잘 살고 있는 줄만 알았다. 그랬기에 그의 자살 소식은 모든 이들에게 큰 충격이었다. 그의 죽음 앞에서 많은 이들은 슬퍼하고 안타까워했다. '조금 버티고 더 살다보면 마음도 더 단단해 지고 진정한 행복이 무엇인지 조금씩 찾아갈 수 있었을 텐데.' 라는 탄식이 여기저기서 나왔다.

삶의 모퉁이에서 나는 행복하기 위해 어떤 노력을 기울이며 살아왔을까? 지금 생각해 보면 나는 늘 과정 안에서 온전히 행복을 누리기보다 목표물을 정해 놓고 거기에 도달하지 못하면 좌절하고 불행해 했다.

초등학교 시절 방학 때면 교육청에서 영재 반을 운영했다. 각 학교에서 성적이 우수한 학생들을 선발한다. 나는 그 때부터 수학이 어려웠고 그 뒤로도 수학은 발목을 잡는 과목이었다. 다른 과목들이 우수했지만 수학점수가 낮아 영재 반에 들어가지 못 했다. 어린 마음에 상처 받았고 패배자처럼 느껴졌다.

학년이 올라갈수록 수학은 너무 멀고도 접근하기 힘든 과목이 되었다. 수능 성적도 언어와 외국어는 만점에 가까웠는데 수학 점수는 바닥이었다. 풀 수 있는 문제는 시험지 맨 앞 장 2점짜리 뿐 이었다.

자연스럽게 내가 좋아하고 잘하는 방향으로 진로를 선택했다. 학생 시절 내내 발목을 잡던 수학을 안 해도 되는 영문학을 전공했다. 어릴 때부터 꿈인 선생님이 되고 싶어 2학년 때 편입 학원을 다니면서 영어 교육과로 편입을 시도했다. 1년 동안 편입 공부에 매달렸지만 실패했다. 교직을 이수할 기회도 놓쳐 선생님의 꿈은 포기했다.

지금 한국 사회에 공무원 열풍은 거의 광풍 수준이지만 10년 전 내가 대학생 때도 공무원을 취업 일순위로 꼽았다. 우리 과 학생 중 80% 이상이 공무원 시험을 준비하고 있었다. 선생님이 되는 꿈을 포기한 뒤 공무원이 되어야겠다고 결심했다. 원래 꿈은 아니었지만 시골에서 힘든 형편에 대학까지 보내준 부모님의 기대에 보답할 수 있고, 개인 적으로 공무원은 정년이 보장되고 안정된 직업이라는 매력이 있었다. 무엇보다 시험 과목에 수학이 없었다.

새벽에 도시락을 두 개씩 싸서 달을 보며 학원이나 독서실에 가고 밤에 달이 뜨면 집으로 돌아왔다. 고3 수험생 기간보다 더 독하게 공부했다. 세상으로부터 스스로를 고립시켰다. 공부하는 데 방해되는 모든 것을 멀리했다. 휴대전화도 없앴고 명절 때도 고향 집 대신 도서관으로 향했다.

공무원 시험의 경쟁률은 몇 백대 일을 훌쩍 넘지만 대부분 경쟁률은 허수다. 합격선에 다다른 진짜 경쟁자는 얼마 되지 않는다. 경쟁률은 무시해도 된다. 내 점수가 합격선을 넘으면 합격한다. 오로지 그것만 생각하면 된다. 다른 잡음은 무시하고 처음부터 과녁에 집중하여 화살을 쏘면 된다. 명사수는 바람에 흔들리지 않는다. 경쟁률은 마음을 심란하게 하는 바람일 뿐이다.

그 당시 도움을 많이 받은 행정법 강사의 말이 아직도 기억에 남는다. 공무원 수험생활 중에 하지 말아야 할 것에 관한 지침이다. 자신과의 싸움을 벌이는 동안 흔들리는 마음을 잡아주는 말들이었다.

"발라드 음악을 절대 듣지 말라. 심신이 지칠 대로 지쳐있는 수험생에게 발라드 음악은 쥐약이다."

"새로운 연애를 시작하지 말라. 이미 하고 있다면 끝내지도 말라."

모든 신경과 관심을 '합격'에 모아야 할 때 마음을 빼앗길 수 있는 일은 애초에 하지 말라는 뜻이다. 그 말에 동감하며 철저하게 따랐다. 시간과 에너지를 오로지 '합격'에 집중했다. 1년여 만에 합격을 했다. 시골에 계신 부모님도 무척 기뻐했다. 아버지는 막내딸 합격 소식에 눈시울을 붉혔다. 오랜만에 효도를 한 느낌이었다. 그 때는 세상을 다 얻은 것 마냥 행복했다. 목표를 이뤄 낸 성취감에 대학합격 때보다 기뻤다.

그렇게 죽어라 공부해서 공무원이 되었는데 합격 후 꽤 오랫동안 면사무소 민원 발급 대에서 주민등록 등 · 초본 발급 하는 업무를 했다. 매일 기계적으로 단순 작업을 반복하면서 권태감이 들었다.

안정된 직장이 삶의 행복까지 보장해 주지는 않았다. 행복하지 못한 마음을 부여잡으려 갈팡질팡 하는 사이 시간이 흘러 지금 공무원 10년차가 되었다. 또 세 아이의 엄마가 되었다. 매일 직장에 매달리고 아이들 뒷바라지 하는 삶이 계속 되면서 내가 설 자리는 점점 없어졌다. 하루를 마치고 나면 완전히 녹초가 된다. 잠자리에 누워 반복되는 일상과 그 속에서 희미해져가는 '나'를 보면서 삶에 대한 무력감에 시달렸다.

지금 삶이 마음에 들지 않는다고 단숨에 삶을 바꿀 수 있을까, 한방으로 삶을 180도 바꾸면 행복하게 될까? 인생 한 방을 노리는 사람이 많다. 어디에 합격하면, 결혼을 하면, 돈을 많이 벌면, 로또에 당첨 되면 하면서 끊임없이 한방을 노린다. 과연 한방이 맞으면 인생이 바뀌어 행복할까? 행복은 일상 속 구석구석에서 느끼는 것이다. 《빨강머리 앤》을 읽다 이런 구절을 만났다. "행복한 나날이란 멋지고 놀라운 일들이 일어나는 일들이 아니라, 진주알이 하나하나 한 줄로 꿰어지듯이, 소박하고 자잘한 기쁨들이 조용히 이어지는 날들인 것 같아"

살아가는 동안 우리는 끊임없이 행복을 원한다. 어떻게 해야 행복한 삶을 살 수 있을까, 왜 지금 행복하지 않은 것인가, 항상 스스로에게 질문을 하면서 살아간다.

'이렇게 시간을 쪼개가면서 열심히 살고 있는데 가슴 한 구석이 텅 빈 이 느낌은 무엇일까?'

나의 삶의 변화는 이 행복에 대한 진지한 고민에서 시작되었다.

02 | 가장 안정적인 것이 가장 위험하다

"우와 좋겠다. 정년도 보장되고 아무 걱정 없겠네."

"칼 퇴근 할 수 있고, 업무 스트레스도 없으니 정말 편하겠다."

"철 밥통 공무원이니 중간에 그만 둘 일도 없고 얼마나 좋아."

공무원인 내가 살면서 가장 많이 듣는 말이다. 대부분의 사람들은 '공무원' 하면 '정년보장' 이나 '철 밥통' 이라는 말을 먼저 떠올린다. 부인할 수 없지만 이런 말을 계속 들으면 씁쓸하다. 나도 결국 그것 때문에 공무원이 된 것인지도 모르겠다. 현직과 퇴직 후까지 보장해 줄 '안정' 이 주는 유혹을 뿌리칠 생각조차 하지 못했다.

예전에는 대학교를 '상아탑' 이라고 했다. 낭만을 즐기는 것과 동시에 학문에 몰두하는 대학만의 매력이 있었다. 하지만 내가 대학생 때도 공무원 시험에 몰두하는 친구들이 대다수였다. 큰 꿈을 품고 대학에 들어왔지만 진로를 결정하지 못하면 대부분 공무원 시험공부에 매달렸다.

지금은 나이대가 더 내려가서 고등학교를 졸업하고 바로 공무원 시험을 준비하는 학생들이 늘어났다고 한다. 이번에 내가 근무하는 시청의 신규 임용자만 해도 고등학교만 마치고 시험에 합격한 직원이 여럿 있다. 한 취업정보 신문에 따르면 지난해 9급 국가공무원 공개채용 시험에서 18~19세 응시자는 3,156명이었다고 한다. 10대 수험생 비율은 꾸준히 늘고 있다.

이들 중 대부분은 대학에 간 주위 사람들도 결국은 돌고 돌아 공무원 시험 준비하는 것을 보았다며 취업이 어려운 현실에서 시간을 낭비하느니 정년까지 근무할 수 있는 공무원 시험에 집중하게 된 것이라고 말한다. 얼마 전, 한 잡지에서 '수능 대신 공무원 시험…교복 입은 그들, 왜 공딩족이 됐을까' 라는 제목의 기사가 눈길을 끌었다. 교복 입은 공무원 시험 준비생이 늘고 있다. 공무원을 준비하는 고등학생이라는 의미의 '공딩족' 이라는 말까지 생겨났다.

큰 언니와 나는 열한 살 터울이다. 언니의 큰 딸 수인이가 고3때 일이다. 성적이 상위권이었던 조카는 수능을 보기 전에 이미 수시모집에 응시하여 여기 저기 지원을 할 수 있는 기회가 있었다. 명절 때 만난 조카는 고민이 많아 보였다. 어렸을 때부터 공부를 잘 했던 조카는 의사, 선생님, 과학자 등 되고 싶은 직업이 많았지만 지원 할 학과를 선택해야 하는 상황이 되자 쉽사리 진로를 결정하지 못하고 있었다. 그런 조카의 심란한 마음을 잘 알기에 조심스럽게 물어 보았다.

"수인아, 너는 꿈이 뭐야? 네가 되고 싶은 게 뭔데?"
"꿈? 에이, 잘 모르겠어. 이모. 나도 그냥 이모처럼 공무원이나 할까봐."

멋쩍게 웃으며 말하는 조카를 보니 마음이 좋지 않았다. 나도 다 경험을 했기에 안타까운 마음이 더욱 컸다. 나 역시 중·고등학교 내내 꿈을 꿀 수 없는 현실 속에서 공부만 열심히 했다. 그리고 성적에 맞춰 대학에 갔다. 학과를 결정하려고 하니 사람들이 갑자기 꿈이 뭐냐고 물었다. 살면서 한번도 '꿈'에 대해 생각해 본 적이 없었는데 대답하기가 정말 난감했다. 조카도 그 때의 나처럼 명확한 꿈이 없어서 공무원이나 한다고 말하는 것 같아 안타까웠다.

현직 공무원인 나도 이런 말을 들으면 기분이 씁쓸하다. 스티븐 코비는 "가장 큰 위험은 위험이 없는 삶이다"라고 말했다. 많은 젊은이들이 오늘도 자신에게 무슨 재능이 있는지, 무엇을 할 때 가장 행복한지 자신에게 수많은 기회들을 주기도 전에 안정적이고 평탄한 길을 선택한다.

세상은 행동하고 도전하는 자에게 기회를 준다. 다양한 경험을 하고 항상 도전하는 삶을 살 때 원하는 목표를 성취하고 자신이 꿈꾸는 미래를 창조할 수 있다. 성공한 사람 중에 편하고 안전한 길을 선택한 사람은 아무도 없다. 그들은 항상 도전하고 새로운 모험을 한다. 그러한 과정에서 성장하고 성공한다.

9급 공채에 합격해서 공무원이 된지 10년이 되었다. 그런데 나는 아직도 겨우 한 단계 진급한 8급이다. 그리고 이번에 또 승진 인사가 있었다.

'지방행정주사보에 임함'

이 한 줄이 뭐라고 기분이 참 비참했다. 이번에도 명단에 다른 사람은 있었고 내 이름은 없었다. 수없이 괜찮다고 마음을 다잡았다. 승진 따위 밀려도 내 삶은 절대 흔들리지 않을 거라고 다짐했다. 하지만 까마득한 후배들이 치고 올라가는 모습을 지켜보는 건 생각보다 우울했다.

공무원의 계급인 서기와 주사보. 8급과 7급. 도대체 그게 뭐가 그렇게 중요하다고 내내 우울하고 사기가 꺾였다. 조직생활에 대한 회의감이 몰려왔다. 승진할 사람이 승진하는 줄은 안다. 또 승진대상자를 모두 승진시킬 수 없기 때문에 반드시 진급자와 미끄러지는 자가 나온다.

겉으로는 승진하는 동료에게 축하인사를 하지만 실망감에 허탈했다. 누군가는 주사보가 되었고 누군가는 서기에 머물렀다. 주요 부서에 있으면서 인정받으며 일하는 자는 승진했고 민원실에서 민원업무를 보면서 안정을 추구했던 나는 승진에서 미끄러졌다.

엄마로써의 역할에 더 충실했던 시간들이었기에 조직에서는 일의 부담감이 적은 부서만 찾아다닌 것도 사실이다. 알지만 승진 때가 되면 또 기대를 한다. 내가 보기에도 이기적이고 간사하다. 민원 업무는 상대적으로 스트레스가 적다. 9시부터 6시까지 민원인들에게 감정노동을 하며 시달려야 하지만 남은 일이 없고 스트레스가 없다. 그래서 아이가 어린 엄마들이 선호한다. 나도 그런 이유로 민원부서에 가기를 희망했다.

이번 인사발령으로 나에게도 기회가 왔다. 민원 발급 업무가 아닌 조금 더 내공이 필요한 주요 업무를 맡을 기회가 온 것이다.

'세 아이 엄마로써의 역할에 충실하면서 저 부담스러운 업무를 할 수 있을까? 그냥 민원 업무 계속 본다고 말할까?'

내 마음에선 계속 두 마음이 싸웠다.

'그럼 일은 언제 배울 건데? 벌써 10년차인데 절반은 애 낳느라 휴직하고 나머지는 민원부서처럼 편한 곳에서만 일하려고 하고?'

희생은 하고 싶지 않고, 승진은 바라는 도둑심보였다. 안정이냐 도전이냐 하루에도 수없이 마음이 갈팡질팡 했다. 하지만 언제까지 안정만 추구하며 살 수는 없다. 안정만 바라면 성장할 수 없다. 온실 문을 열고 나가기로 결심했다. 한번 해 보기로 했다. 깨지고 부딪히면서 배우고 성장할 내 모습이 기대된다.

안정이 역설적으로 위험할 수도 있다. 세상은 급속히 변하고 있다. 남은 다 뛰어가는데 제자리걸음만 하는 인생은 결국 도태된다. 안정은 변화의 물결 안에서 잠깐 숨 돌리는 휴식의 다른 말이다. 오늘 안정된 환경만 찾아 안주하면 언젠가는 변화에 무기력하게 쓸려가게 된다. 미리 준비하며 사는 삶이 귀중한 내 인생에 대한 예의다.

03 | 아무 일도 하지 않는다면
아무 일도
일어나지 않는다

"엘리자가 말했어요! 세상은 생각대로 되지 않는다고, 하지만 생각대로 되지 않는다는 건 정말 멋져요. 생각지도 못했던 일이 일어나는걸요."

이렇게 말하는 엉뚱 발랄 사고뭉치 빨강머리 앤은 계속 실수 하고 사고를 친다. 아무 일도 일어나지 않는, 실수를 하지 않은 날이 단 하루도 없다. 그 상황에서도 앤은 매번 다른 실수를 할지언정 똑같은 실수는 절대 하지 않는다고 하염없이 해맑게 말한다. 앤은 실수할 때마다 조금 더 똑똑해지고 성장한다.

나는 앤처럼 살지는 못했지만 늘 실수투성이 앤의 삶을 흠모했다. 학창시절 내내 부모님이 바라는 모습대로 살아 온 모범생이었다. 앞에 나서는 걸 좋아해 줄곧 반장도 도맡아 했다. 초등학교 졸업식 전날엔 떨려서 한 숨도 자지 못했다. 내가 후배들의 졸업식 송사에 대한 답사를 하기로 되어있었기 때문이었다. 많은 부모님들과 학생들 앞에서 졸업생 대표로 후배들에게 작별을 고하는 일, 가슴 벅찬 경험이었다.

모범생으로 살면서도 늘 일탈을 꿈꾸는 엉뚱 발랄한 소녀였다. 학생의 본분에 충실했지만 가끔 일탈을 해서 주위 사람을 놀라게 하곤 했다. 고등학생 3년 내내 기숙사 생활을 했다. 2주에 한 번씩 집에 갈 수 있었다. 집에 가지 않는 주말에는 독서실에 모여 사감 선생님 감시 하에 공부를 해야 한다.

어느 날, 마음에 맞는 친구와 모의를 했다. 모두가 숨죽여 공부하고 있는 독서실을 빠져나와 아무도 없는 학교 교실에 몰래 숨어들었다. 그 당시 학생이 보기에 조금 야했던 '셰익스피어 인 러브'를 친구와 킥킥 거리며 보았다. 검은 커튼을 치고 숨어서 보는 영화가 짜릿했다. 거기까진 좋았다. 영화를 보고 건물 밖으로 나오려고 하는데 문이 잠겨있었다. 경비 아저씨가 당연히 아무도 없다 생각하고 밖에서 문을 잠근 것이다. 눈앞이 캄캄했다. 그 당시에는 휴대전화도 없었고 사감 선생님께 들키면 퇴사 조치를 당할 것 같았다. 이러지도 못하고 저러지도 못하고 울상을 하고 있던 찰나, 창문이 눈에 들어왔다. 친구에게 자신 있게 말했다.

"이 정도 높이면 뛰어내릴 수 있을 것 같아. 내가 또 어렸을 때 동네

다리에서 많이 뛰어내려 봤거든."

바로 실행했다. 일단 창틀을 양 손으로 부여잡고 매달렸다. 그리고 손을 놓았다. 이렇게 높았나? 생각보다 더 오랜 시간 공중에 머물렀다. 사뿐히 착지할 수 있을 거라는 예상은 보기 좋게 빗나갔다. 발이 아닌 엉덩이가 먼저 땅에 닿았다. 선생님께 안 걸린 건 정말 다행이지만 그 후로 며칠 동안 엉덩이가 시퍼렇게 멍들어 제대로 앉지도 걷지도 못했다.

그 때 일이 지금도 생생하게 그려진다. 공부밖에 할 게 없었던 무료한 시절에 나는 이런 식으로 가끔 양념을 쳤다. 지금 생각해도 재밌다. 수많은 평범한 날들보다 이런 엉뚱한 추억 한 컷이 있기에 삶은 더 유쾌하고 의미 깊다. "인생은 미친 짓의 기억으로 위대해진다."는 어디서 보아 수첩에 적어놓은 문구가 갑자기 떠오른다.

직장 생활도 얼핏 보면 변화가 없어 보이지만 찾아보면 다양한 경험을 할 기회는 많다. 매일 반복되는 일상에서 무엇이든 시도라도 해야 자극을 받고 얻는 게 있다. 그래야 기회를 잡을 확률도 높아진다.

기회는 수없이 스쳐 지나간다. 낚아채는 일은 자신의 몫이다. 인생을 후회하지 않고 싶으면 도전하고 시도해야 한다. 직장생활을 하던 중 첫 아이를 임신하고 출산할 때까지 집에서 쉬게 되었다. 대부분의 워킹 맘이 아이를 낳기 전날까지 직장에 나가기도 한다지만 나는 그럴 수 없었다. 입덧이 너무 심했다. 음식을 넘기기도 힘들었고 간신히 먹은 음식도 다시 다 토했다. 제대로 먹질 못하니 창백한 얼굴을 하고 힘 없이 사무실에서 자리만 지킬 뿐이었다. 그런 몸 상태로 사무실에 앉아 업무를 본다는 것은 무리였고 동료들에게 피해만 주었다. 나와 뱃속에 있는 아이를 위해 임신 4개월째 되었을 때 휴직을 결심했다.

생명을 키우는 숭고한 일을 하고 있었지만 직장생활을 하다 집에만 있으니 너무 힘들었다. 몸은 무겁고 한없이 늘어졌다. 계속 누워있고 싶고 아무것도 하고 싶지 않았다. 그러면서 점점 더 우울해졌다. 우울한 감정이 뱃속의 아이에게 전해진다고 생각하니 죄책감마저 들었다.

이러면 안 된다고 마음을 다잡았다. 입덧이 심하고 만사가 귀찮았지만 화장을 하고 예쁜 임부복을 골라 입고 집 밖으로 나섰다. 외출준비도 힘들고 귀찮았다. 하지만 집 밖으로 나서는 순간 우울한 감정은 싹 사라지고 기분전환이 되었다.

집 밖으로 나오자 많은 기회가 다가왔다. 어느 날 도서관에서 진행하는 동화 구연 수업 포스터를 보았다. 바로 수강 신청을 했다. 시간이 갈수록 몸은 더 무거웠지만 주말마다 도서관으로 향했다. 뱃속에서 자라고 있는 아이와 함께 동화 구연 수업을 들으며 행복한 시간을 보냈다.

출산 이틀 전에 무대에서 동화 구연 시연을 펼친 후 동화 구연 3급 자격증을 취득했다. 수업을 지도해 준 선생님은 물론, 함께 수업을 들은 수강생들까지 모두 배불뚝이 임산부의 열정에 큰 박수를 보내주었다. 몸이 무겁고 힘들다는 핑계를 대며 무의미하게 흘려보낼 수도 있었던 시간을 알차게 보냈다.

며칠 전, 이번에 초등학생이 되는 큰 아이 민아의 예비소집일 이었다. 선생님이 학부모참여 수업에 참석해 줄 것을 권했다. 가지고 있는 재능이 없다고 생각했는데, 예시에 동화구연이 보였다. 반가웠다. 자신 있게 자격증 소지여부에 동그라미를 그렸다. 민아와 친구들 앞에서 실감나고 생생하게 동화를 들려 줄 생각에 마음이 흐뭇하다. 엄마가 교단에 서서 동화 구연 하는 모습을 보면서 반 친구들 사이에 앉아 환하게 웃을 민아의 모습을 상상하니 벌써부터 행복하다.

처음에는 임신 초기에 휴직하게 되어 많이 우울했다. 주위의 시선도 따갑게 느껴졌다. 다른 사람들은 출산일에 맞춰 신청하는 육아휴직을 임신 4개월에 들어가니 주변의 시선이 곱지만은 않았다. 승진을 코앞에 두고 휴직하려니 마음이 불편했다. 손해 보는 것 같고 인생의 패배자가 된 느낌마저 들었다. 입덧이 심해 더 힘들고 우울했다.

하지만 관점을 바꿔 인생에 주어진 여유 시간을 가치 있게 쓸 수 있으니 감사한 일이라고 생각하자 행복해졌다. 아무 일도 하지 않았다면 우울하게 허비했을 시간이지만 직장 생활을 하는 대신 아이와 만날 준비를 하면서 많은 경험을 했다. 지금 생각해보면 어쩔 수 없는 선택이었고 승진에서 불이익도 있었지만 휴직기간 중에 귀하고 가치 있는 시간을 보냈다는 생각이 든다.

소극적인 자세로 살면서 아무 일도 일어나지 않는 삶을 탓하는 것은 모순 그 자체다. 적극적으로 다양한 경험을 해야 한다. 그래야 자신이 어떤 때 가슴이 뛰는지 행복한지 알게 된다. 직접 해보지 않으면 자신에게 어떤 재능이 숨겨져 있는지, 그리고 무슨 일을 할 때 더 능력이 발휘되는지 결코 알지 못한다.

아무 일도 하지 않는 편안한 삶을 살 것인지, 위험과 불편함을 무릅쓰고 도전하는 삶을 살 것인지 선택하자. 인생은 사르트르의 말처럼 Birth와 Death 사이의 Choice다. 분명한 것은 아무 일도 하지 않으면 삶에 아무 일어나지 않는다는 것이다. 아무 일도 하지 않으면서 특별한 인생을 꿈꾸는 것은 도둑놈 심보다. 싱싱한 고기가 먹고 싶으면 갈매기 조나단처럼 당장 바다로 나가야 한다.

04 | 인생에도 리모델링이
필요하다

"빨리 밥 먹고 세수하고 옷 입자. 어린이집 차 가버리겠다."

어김없이 찾아오는 하루의 시작이다. 우리 집의 아침 풍경은 말 그
대로 전쟁터다. 천방지축 세 아이를 준비시켜 어린이 집에 보내는 일
은 온전히 엄마의 몫이다. 등원 차량에 아이들을 집어던지듯 태우고
허겁지겁 사무실을 향한다. 운전대를 잡고 겨우 한 숨 돌린다. 운전하
는 동안 눈물이 나올 때도 있다. 가끔 눈물이 위로가 된다. 이런 바쁜
삶 속에서 나를 돌아볼 시간은 없었다. 나도 한 때는 꿈이 있었는데 지
금 나 자신은 어디로 갔을까.

초등학교 때부터 거의 매일 일기를 썼다. 평온한 날에는 감사를 일

기장에 표현하고, 힘든 날에는 이 또한 지나가리라 하면서 일기를 쓰며 마음을 달래곤 한다. 하루를 되돌아보며 기억하고 싶은 일을 일기장에 썼다. 매일 찾아와준 하루에 감사하고 내 마음을 물끄러미 바라볼 수 있다. 1년 전의 일기를 다시 읽어보며 내가 얼마나 성장했는지를 확인하는 일 또한 행복한 일이다.

시간이 나면 클래식 음악을 들으며 책을 읽는 것을 좋아한다. 점심 시간에 서둘러 점심을 먹고 한적한 곳에서 커피 한 잔 마시며 책을 읽는다. 행복한 에너지를 충전해 주는 귀중한 시간이다.

하지만 이 모든 일들은 삶의 위안이 되는 이른바 취미활동에 불과했다. 더 큰 생각을 하지 못하고 매일 시계추처럼 직장에 다닐 뿐이었다. 그래도 자투리 시간을 의미 없이 낭비하지는 않았다. 책도 읽고, 고민도 많이 하고, 더 많이 느끼려 노력했다. 그러면서 인생이 풍요로워지고 있다고 자부했다. 남들과는 다른 행복한 삶을 살고 있다고 스스로를 다독였다.

그 동안 세 아이 낳고 키우느라 하루하루 바쁘고 정신없이 살았다. 그나마 아이가 생기기 전에는 꿈을 품고 도전하는 삶을 살았다. 지금은 꿈은 온데간데없고 그저 해치워야 할 현실만 눈앞에 놓여있다. 지금 이렇게 정신없이 사는 것도 다 행복해지기 위해서인데, 미래의 행복을 위해 현재 행복을 미뤄야했다.

하루하루 발을 동동거리며 살아가고 있는 내게 선배 공무원들이 가장 많이 하는 말이 있다.

"많이 힘들지? 애들이 줄줄이 다 어려서 지금이 가장 힘들 때다. 조금만 더 키워. 그럼 좀 괜찮아. 그리고 애들 키울 때 힘들지, 키워놓으면 다 재산이고 너한테 좋다."

그 말을 듣고 서둘러 얼마 정도 지나면 괜찮아지냐고 묻는다. 10년 정도 지나면 괜찮단다. 10년 정도 애들을 위해 희생하라는 말인 듯하다. 씁쓸하다.

그 선배는 분명 나를 위로하려고 하는 말인데 내 가슴은 더 답답해졌다. 정말 이대로 괜찮을까? 아이가 다 자랄 때까지 거기에 집중하고 내 삶은 양보해야 하는 걸까? 10년 동안 아이들만 크고 나는 멈춰있어야 하는 걸까? 정말 그래야한다면 너무 우울하다.

아이들도 크고 동시에 나도 클 수 있는 방법이 분명 있을 거라고 생각했다. 그 길을 찾아 그 길을 가기로 했다. 엄마가 꿈을 찾고 꿈을 이루면 엄마의 꿈의 크기만큼 우리 아이들의 꿈의 크기도 분명 커 질 것이다.

똑같은 일상의 반복, 열심히 살기는 하지만 무언가 가슴 한 구석이 텅 빈 느낌이 들었다. 내 인생에도 무언가 새롭고 신선한 바람이 불기를 원했다.

어느 날, 매일처럼 강연을 듣다 가슴 뛰는 삶을 살아가고 있는 한 사람을 보았다.

'김경수?… 누구지?'

처음 들어본 이름이었다. 직업이 나와 같아 눈길을 끌었다. 김경수 씨는 서울시 강북구청에서 근무하는 공무원이다. 여느 공무원처럼 평범한 생활을 해오던 그는 어느 날, 우연히 방송을 통해 사막마라톤을 접하게 되었고 뜨거운 사막에서 모래 폭풍을 뚫고 달리는 마라톤 선수들을 보면서 가슴이 뛰었다. 그 순간 그는 사막마라톤을 해야겠다고 결심했다.

그의 아내는 그 말을 듣자마자 완강히 반대했다. 아내를 비롯한 가족뿐만 아니라 친구들한테까지 미친놈 취급을 당하면서도 그는 묵묵히 준비했다. 우여곡절 끝에 2003년 243킬로 미터를 뛰는 모로코 사하라 사막마라톤에 처음으로 참가했다. 그 후 12년 동안 10개 대회를 완주했다. 그가 달린 사막과 오지는 2,567킬로미터에 이른다.

한 신문사 인터뷰에서 기자가 그에게 물었다.

"왜 사서 그런 고생을 하는 겁니까?"

"처음엔 단순한 호기심이었어요. 도대체 저곳에 뭐가 있기에 다들 목숨 걸고 덤비는지 궁금했습니다. 또 한편으로는 제 자신을 확인하고 싶었습니다. 여태까지 제 자신을 위해 끝까지 뭔가를 해본 적이 없었어요. 그래서 마라톤에 도전한 거였고, 그때마다 코스를 완주해왔던 거죠."

그리고 그는 한마디 덧붙였다.

"굳이 사막이 아니라도 자신이 좋아하는 일, 더 가치 있는 일이 분명 있을 거예요. 사람들이 그런 일을 하면서 살았으면 좋겠습니다."

그는 새로운 일에 도전함으로써 공무원으로만 살았다면 겪지 못할 순간을 많이 경험했다. 인생에서 그 무엇과도 바꿀 수 없는 값진 경험이다. 그는 지금 인생 리모델링에 성공했다. 구청 공무원으로, 그리고 자신의 꿈을 위해 사는 드림워커로 삶의 균형을 잡고 살아가는 그의 열정 넘치는 모습은 이미 누군가의 롤 모델이 되었다.

얼마 전, 아빠가 대장암 수술을 받았다. 평생 소를 키우고 논을 일궈 5남매를 키워냈다. 우리 5남매는 그렇게 아빠를 보내는 줄 알고 얼마나 울었는지 모른다. 감사하게도 아빠는 힘겨운 항암치료 기간을 잘 버텨냈고 수술 후 집으로 돌아왔다. 하지만 시골집이 너무 오래되어 외풍이 심하고, 환자인 아빠가 생활하기에 불편한 점이 많았다. 퇴원한 아빠를 위해 지은 지 20년 된 시골집을 리모델링했다. 창문을 이중창으로 바꾸고 화장실도 사용하기 편하게 바꿨다. 리모델링을 마치고 아늑한 집으로 탈바꿈했다. 항암치료와 수술로 약해진 아빠를 잘 품어줄 수 있는 편하고 따뜻한 집이 되었다.

허름했던 집이 리모델링을 통해 다시 따뜻하고 아늑한 집으로 변했듯이 인생도 리모델링이 필요하다. 아빠는 그 후 삶을 리모델링했다. 그렇게 좋아하던 술을 끊고 평생 일 밖에 모르고 살던 아빠는 이제 일

대신 운동을 한다. 매일 동네 산책을 하고 산에도 오른다. 노인 회관에서 친구들과 담소를 나누고 점심때는 맛 집 탐방을 다닌다. 예전의 아빠 모습에서는 상상할 수 없는 일이다. 아빠는 말 그 대로 시골에서 흙 파서 자식을 가르치느라 평생 죽어라 일만 했다. 아빠의 삶 속에서는 한 치의 여유도 사치였다.

아빠의 두 번째 인생에 큰 박수를 보낸다. 아빠는 육체가 닳아지면서 겪는 병마에 시달리고 죽음의 공포도 느꼈을 것이다. 그 후 아빠는 세상의 모든 것들은 바람을 잡으려는 헛된 것이라고 말씀하곤 했다. 그렇게 아등바등 죽어라 일만 하면서 살 필요도 없다고.

주위 사람들의 일생을 보면서 인생의 의미를 건강할 때 되돌아 볼 필요가 있다. 내가 직접 겪은 후에야 깨닫기에는 인생은 소중하고 또 짧다. 건강하고 젊을 때 인생을 리모델링하고 삶을 누리자. 인생의 리모델링이 삶에 활력을 불어넣어 주고 더 나은 인생을 살 수 있게 한다. 지금의 삶이 만족스럽지 못하다면 변화가 필요하다. 새로운 삶에 대한 변화를 선택하고 그 새로운 삶 속에서 성장해야 한다. 리모델링 된 인생은 원하는 눈부신 미래를 선물할 것이다.

05 | 서른여섯,
진짜 내 인생을
찾았다

'서른여섯의 10년차 공무원, 세 명의 아이를 키우는 워킹 맘'

다른 사람들의 눈에 비친 내 모습이다. 큰 욕심 없으면 안정적으로 살기에 충분해 보인다. 부부공무원이니까 아껴 쓰고 저축하면 경제적으로 큰 어려움도 없을 듯하다. 앞으로 어떻게 될지 모르지만 퇴직 후 연금도 있다.

하지만 평범하게 살기에 꿈은 크고 열정은 뜨겁다. 사무실에서 친한 언니들과 이야기 나눌 때마다 "점점 내가 없어지는 느낌이야. 직장 생활 이라도 하니까 다행이지, 집에만 있었으면 정말 내 존재는 먼지처럼 없어지고 말았을 거야."라고 끝을 맺었다.

점심시간이면 얼른 밥을 먹고 한적한 장소를 찾아 책을 보며 혼자만의 시간을 누렸다. 원래 혼자 있기를 좋아하는 성격은 아니다. 사람과 어울리며 웃고 떠드는 것이 좋다. 하지만 세 아이가 눈을 부릅뜨고 기다리고 있는 가정에서 퇴근 후 내 시간을 갖기는 불가능에 가깝다. 간신히 찾아낸 시간이 점심시간이다. 어떻게든 나만의 시간을 갖고 싶었다.

나는 잘 웃고 항상 밝고 긍정적이다. 집에만 있기보다 직장에 나와 일하는 게 즐겁다. 하지만 항상 무언가 허전했다. 무난함과 안정이라는 울타리는 얻었고 지금 하는 일에 만족하고 보람도 느낀다. 같이 근무하는 동료 선후배들과 관계도 감사하다. 하지만 자꾸 새로운 일에 도전해야겠다는 생각이 들었다. 이제 됐다고 만족하려고 해도 꿈이 나를 채근했다. 지금보다 더 나아져라. 도전해라. 후회하지 않으려면 더 늦기 전에 준비를 해야겠다는 생각이 들었다.

어릴 때부터 나서는 걸 좋아했다. 튀는 걸 좋아하고 누군가 나를 알아봐 주기를 항상 바랐다. 이런 성격 탓에 학창시절 내내 반장을 도맡아 했다. 내가 초등학교에 다닐 때는 학교에서 웅변대회를 했다. 웅변은 목소리 크고 튀는 걸 좋아하는 내게 안성맞춤이었다.

마지막에 책상을 주먹으로 한 대 탁 치면서 "이 연사 목소리 높여 힘차게 외칩니다."라고 끝마치곤 했다. 친구들과 선생님의 박수소리를 들으면 우쭐하고 기분이 날아갈 듯 했다.

'강연가가 되고 싶다.' 는 꿈은 어릴 적부터 마음속에서 자라고 있었다. 하지만 일상에 눌려 '그냥 꿈'으로 미뤄 놓은 지 오래다. 퇴근 후 매일 다른 강연을 들으면서 무대 위에서 청중들과 소통하며 강연하는 상상을 한다. 꿈은 생각 속에만 머물 뿐이다. 꿈을 이루기 위해 무엇을 어떻게 해야 하는지 몰랐다. 그냥 강연을 들으며 느끼는 감동이 전부였다. 책을 보고 강연을 들었지만 생각에만 머물렀다. 삶에는 어떤 변화도 없었다.

몇 년째 어린이집 운영위원으로 활동하고 있다. 아이가 셋이다 보니 그 정도 봉사는 하고 싶었다. 그리고 얼마 전 학예발표회가 있었다. 운영위원이 사회를 보라는 제안이 들어왔다. 처음에는 부담스러워 망설였지만 이것도 기회라는 생각이 들어 다시 한다고 했다. 발표회 당일 멋지게 해냈다. 아이들의 사랑스러운 공연에 적절한 양념을 쳐 주며 공연을 더 빛나게 했다. 환한 미소와 통통 튀는 목소리로 부모님 마음에 특별함을 선사했다. 공연이 끝나고 오늘 주인공인 아이들만큼이나 주목을 받았다. 이런 끼를 어찌 숨기고 살았냐고 부업으로 사회를 봐도 되겠다는 말에 기분이 날아갈 듯 좋았다.

서른여섯은 무엇인가 새로운 것을 시작하기에는 너무 늦은 나이일까?

《인생아, 마음껏 흔들렸니? 이제, 시작이다》의 황기순 작가가 있다. 힐링 명상전문가이자 동기부여 작가인 저자는 스무 살에 경찰공무원이 되어 23년간 근무했고 명상학교에 입학해 제 2의 인생을 시작했다.

작가는 책에서 현직에 있을 때 꿈을 구체적으로 그렸다면 강연활동과 워크숍 자문 등 다양한 방면에서 꿈을 펼치면서 일 할 수 있었을 텐데 그러지 못해 아쉽다고 말한다. 좁은 시야로 주어지는 일만 열심히 하다 보니 퇴직 할 때가 다가오고, 퇴직 할 때쯤에야 꿈에 관심을 가지기 시작했다며 아쉬움을 토로한다. 이러한 자신의 경험을 교훈 삼아 그녀는 후배들에게 인생의 큰 그림을 먼저 그리고 그에 맞는 부서에서 자신의 꿈을 펼치라고 말한다. 꿈과 직업이라는 두 마리 토끼는 한꺼번에 잡을 수 있다고.

그녀의 책을 읽으며 가슴이 뛰기 시작했다. 나는 그에 비하면 얼마나 행운아인가. 서른여섯이라는 젊은 나이에 꿈을 다시 꾸게 되었으니 말이다. 현직에서도 글을 쓰는 업무를 하는 홍보실이나 정책실에서 일을 할 수 있다. 또한 교육기관에 등록하여 강연활동과 워크숍을 통해 많은 동료 공무원들에게 동기부여 강연을 할 수도 있다. 현직에서도 꿈을 펼칠 수 있고 이런 경험들은 퇴직 후 삶의 든든한 버팀목이 되어 줄 것이다.

내 인생에 글쓰기 멘토가 있다. 《대통령의 글쓰기》의 저자 강원국 작가다. 그는 하루 세 번 블로그를 통해 글쓰기 수업을 한다. 밥도 하루 세 끼 먹듯이 글쓰기 수업도 삼시세끼에 맞춰 올려주는 배려 깊은 멘토다. 글을 읽고 느낀 점을 댓글로 적으면 바쁜 와중에도 짧은 답 글이라도 달아준다. 하루 세 번 일어나는 실시간 멘토링에 든든하다. 그의 글은 내 글이 잘났든 못났든 쓰게 하는 힘이 있다. 동기부여가 된다. 일단 쓰고 싶게 만든다. 그러면 되는 거 아닌가. 글은 써야 써진다. 글쓰기는 재능보다 많이 써 보는 사람이 잘 쓴다고 말한다.

글을 쓰면 행복하다. 달라진 점은 전에는 내 생각을 나만 보는 일기장에만 적었다. 지금은 일기장에도 쓰고, 블로그에 올려 이웃들과 생각을 나눈다. 그리고 이렇게 책에도 담는다. 글을 담을 수 있는 공간이 많아 행복하다. 내 글을 읽고 공감하는 사람들이 블로그에 하나 둘 늘어가는 것도 즐겁고 행복한 일 중 하나다.

나는 공무원이다. 모두 부러워하는 안정된 직업이 있다. 글 쓰는 삶은 덤이다. 축복일까? 재앙일까? 가끔 나는 둘 사이에서 방황하는 날 보며 생각하곤 한다. 직업이 버젓이 있는데 글쓰기를 갈망하는 삶이 축복인지, 재앙인지에 대해. 물론 나는 정답을 알고 있다. 축복이다. 글쓰기를 갈망하는 삶, 글쓰기로 흔들리는 삶을 어떻게 해 볼 수 있다는 건 축복임이 분명하다.

사람의 마음 상태는 얼굴에 드러나게 되어있다. 자존감이 높아지고 마음이 행복할수록 얼굴에서 빛이 난다. 요즘 주위에서 얼굴이 정말 좋아 보인다는 소리를 많이 듣는다.

"송이는 항상 행복바이러스를 퍼뜨리는 사람 같아. 항상 행복하고 유쾌해서 옆에 있기만 해도 기분이 좋아진다니까."

"애 셋을 키우면서 어떻게 이렇게 밝을 수가 있지, 항상 유쾌함과 발랄함을 잃지 않는 널 보면 나도 덩달아 행복해져."

엄마로, 아내로, 며느리로 사는 삶 가운데 나를 위한 꿈을 끼워 넣고 이 모든 역할들 안에서 균형을 찾으려고 애쓴다. 매사에 감사와 행복을 나타내려 한다. 내가 처한 현실을 바탕으로 꿈을 향해 한 발짝 씩 나아가는 일을 배운다. 흥분한 아이 마냥 날뛰며 사랑하는 가족들에게 희생을 강요하지 않는 법을 배운다.

올해 나이 서른여섯. 엄마, 며느리, 아내, 공무원, 딸이라는 타이틀에만 얽매여 사는 삶에서 벗어나 비로소 '나' 다운 진짜 내 인생을 찾았다. 처음에는 꿈 많은 엄마가 글 쓴답시고 호들갑을 떨었다. 책 한 권 세상에 나오면 인생 역전이 일어날 줄 알았다. 아마도 로또를 상상한 것 같다. 세상이 나를 중심으로 돌아갈 줄 알았다. 시간이 흐를수록 결과가 아니라 과정 안에서 조화롭고 행복하지 않다면 결과가 아무리 좋아도 소용없다는 것을 배웠다. 내가 어리석었음을, 교만했음을 겸손한 마음으로 인정할 수밖에 없었다.

나의 배움과 성장은 지금도 현재 진행형이다. 글 쓰며 사는 삶 속에서 진정한 행복을 맛보며 매일 성장하고 배우는 삶을 살고 있다.

06 | 나는 저평가된
우량주다

어렸을 때 눈물 날 정도로 빠져 읽은 책이 있다. 안데르센의 동화 《미운 오리 새끼》다. 미운 오리 새끼는 다른 오리들과 생김새가 다르다고 따돌림을 당한다. 이를 견디다 못해 집을 떠난 미운 오리 새끼는 온갖 고생을 하게 된다.

춥고 배고픈 겨울이 지나고 봄이 오자 미운 오리 새끼는 예전의 연못으로 돌아온다. 그리고 겨우내 펴지 않아 근질거리는 날개를 펼쳤다. 그 순간 못생기고 더러운 털의 미운 오리 새끼는 사라지고 눈부시게 하얀 깃털의 아름다운 백조가 나타났다. 다른 오리들은 백조가 된 미운 오리 새끼의 눈부신 비상을 부러운 눈으로 지켜본다.

초등학교 때 그 책을 읽었을 때는 미운 오리 새끼가 백조로 변신했을 때 엄청 좋아했던 기억이 난다. 어른이 된 지금, 그 동화를 생각하니 내 자신이 백조로 변신하지 못하고 미운 오리 새끼의 모습을 하고 살아온 게 아닐까 하는 아쉬운 생각이 든다.

미운 오리 새끼의 날개 짓은 현실주의자들에게는 무모해 보였을 것이다. 현재의 모습으로 나를 평가한 주위 사람들은 책 쓰기를 시작한 나에게 응원보다는 힘 빠지는 화살을 더 많이 던졌다.

"어떻게 네가 책을 써? 네가 책을 쓸 만큼 특별한 삶을 산 것도 아니잖아?"

"시간 낭비 하지 말고 하던 공무원이나 착실히 잘 하다 퇴직해."

"아무도 네 책 안 읽는다."

가끔 현실에 불만이 생길 때 나를 가장 괴롭히는 것은 내가 걸어 온 평범한 인생이었다. 뭐 하나 내세울 것 없는 지극히 흔한 성장과정이 발목을 잡았다. 심지어 큰 실패도 시련도 없다. 항상 안정적인 길만을 확인하며 걸어온 인생이다. 도전 없는 삶은 나를 점점 더 안정만 찾게 만들었다. 변화에 자신이 없었다. 도전하기에 용기가 없었다. 그러면서 남들이 나의 능력을 알아봐주길 바랐다.

지금까지 평범함 속에 나 자신을 가둬두고 살아왔다. 이제는 그 삶을 깨고 탈출하려고 한다. 내가 선택한 첫 번째 탈출구가 책을 쓰는 일이다. 책을 쓰면 내 삶에 대해 일일이 설명하지 않아도 되고, 내 이름을 브랜드화 할 수 있다. 또한, 내 이름 석 자가 들어간 책은 나를 소개하는 인생 최고의 명함이다. 친해지고 싶거나 나를 알아봐 주었으면 좋겠는 사람들에게 내 책을 주면 된다.

어느 날, 내가 근무하는 시청 민원실에 전임 시장님이 방문했다. 과장님과 담소를 나누고 있었다. 10년 전, 신규 공직자 시절 시장님으로 모셨다. 한 번도 개인적으로 뵌 적은 없었지만 존경하던 분이다. 10년 만에 뵈니 반갑고 잘 지내고 계시는지 궁금했다.

하지만 나를 알지도 못 하는데 다가가 인사하기는 어색했다. 그러다 책꽂이에 꽂혀있는 내가 다른 사람과 함께 쓴 책《보물지도 8》이 보였다. 가슴이 두근거렸다. 고민이 시작되었다. '책을 드릴까, 말까.' 나는 할까 말까 망설일 때는 항상 하는 쪽을 택한다. 서둘러 짤막한 편지글을 쓰고 책 앞장에 사인을 했다. 시장님이 일을 마치고 나가자 조용히 따라 나섰다.

"시장님, 안녕하세요. 10년 전에 삼죽면사무소에서 신규공직자로 재직했습니다. 그 당시 한 번도 뵌 적은 없지만 오늘 이렇게 뵙게 되어 정말 반갑습니다. 요즘 글을 쓰기 시작했는데 부족한 글이지만 시장님께서 읽어주시면 영광일 것 같습니다."라고 말하며 책을 드렸다.

"아 그래요? 반가워요. 이렇게 책을 주시니 제가 더 감사하죠. 꼭 읽어볼게요. 그리고 작가의 삶 항상 응원할게요." 책을 전해 드린 후 두근거리는 가슴을 진정시키고 얼른 자리에 앉았다. 책이 사람과 사람을 연결시켜 주는 매개체가 되었다. 책이 없었다면 시장님께 뛰어가는 일은 없었을 것이다. 지금은 비록 공저지만 조만간 개인저서로 꼭 다시 인사드리겠다는 마음이 더 강해졌다.

블로그를 처음 만들었을 때 하루 한 두 명의 방문자가 전부였다. 나도 어떻게 글을 써야할지 몰랐다. 과시욕을 내려놓고 내가 하고 싶은 말을 하자 공감하는 사람들이 늘어갔다. 어떤 날은 자랑하고 싶은 일을 썼다. 자랑하려고 글을 쓰는 것도 나쁘진 않다. 누구나 우쭐하고 싶은 마음이 있다. 현실에서는 존재가 미미했지만 블로그 세상에서는 내가 글을 쓰면 글을 읽고 공감하는 많은 이웃들이 있다. 내가 꽤 괜찮은 사람일지도 모른다는 생각이 꿈틀거리기 시작했다. 현실 속에서 자존감에 상처를 받아도 내가 쓴 글들은 블로그에 남아있다. 블로그 글들은 내 삶의 든든한 지원군이고 블로그는 튼튼한 베이스캠프다. 나는 그렇게 스스로 생각하기에 조금씩 괜찮은 사람이 되어가고 있었다.

가슴 속에 꿈을 품고 사는 사람은 주위의 평가에서 자유로워야 한다. 사람들은 나의 과거와 지금 눈앞에 보이는 나의 모습만 보고 평가한다. 성과물을 내놓기 전까지는 아무리 꿈을 향해 노력을 기울인다고 해도 인정받을 수 없다.

세 아이를 키우며 직장 생활까지 하는 바쁜 삶 속에서 위안과 휴식을 책에서 찾았다. 책을 읽으며 나를 위로하고 다독였다. 내가 원하는 모습을 담은 메시지를 일기장을 통해 매일 자신에게 전달했다. '나는

원하는 모든 것을 이룰 충분한 능력을 가지고 있다.' 라고 자기암시를
반복했다.

현실 속의 나는 작고 초라한 아무것도 할 수 없을 것 같은 미운 오
리 새끼와 같은 모습이다. 그럴수록 이미 꿈을 이룬 미래 모습에 집중
하려고 노력했다. 자신만을 위한 시간 속에서 자신과 대화하는 시간이
많은 사람일수록 자신을 더 많이 사랑하게 된다. 내가 나를 믿어주자
비로소 세상 속 수많은 기회들이 보였다. 늘 정신을 바짝 차리고 기회
가 올 때마다 놓치지 않으려 노력했다. 기회는 깨어있지 않으면 순식
간에 지나간다. 놓치고 후회하지 않으려고 늘 준비하고 기다렸다. 작
은 기회, 큰 기회 모두 잡으려고 노력했다.

나의 가능성에 대해 의심했던 내가 잠재력을 믿자 삶이 변했다. 누
구나 이미 충분한 능력이 있다. 사람은 자신이 상상하고, 확신하고, 실
행하는 만큼 이루는 법이다. 자신이 스스로 한계를 정하지 않는 한 우
리에게는 한계가 없다. 대부분 사람들은 과거의 경험과 지식을 바탕으
로 능력의 한계를 단정 짓는다. 그리고 '난 원래 이 정도 밖에 안 돼.
그냥 이렇게 살래. 역시 난 안 돼.' 하며 자신이 만든 울타리에 자신을
가둔다.

지금까지 살면서 잠재력을 한 번도 제대로 발휘하지 못했다. 그럴
기회가 없었다. 하지만 글을 쓰며 내 안에도 무한한 잠재력이 자리 잡

고 있는 걸 느낀다. 책을 읽으며 꿈을 디자인하고 마음에 미래의 모습을 그린다. 세상을 바꾸는 사람은 현실주의자가 아니라 꿈을 먹고 사는 이상주의자다. 현실주의자들은 현실 속에 스스로를 가두고 평생을 미운 오리 새끼로 살다 생을 마감할 것이다. 날개를 펼 생각은 꿈도 못 꾼다.

매일 조금씩 나아진다고 믿고 스스로 생각하는 것보다 더 잘할 수 있다고 칭찬하자. 진정으로 원하는 삶을 살아가기 위해 끊임없이 자신이 품은 가능성에 대해 알려주자. 자신이 이룰 수 있는 최고의 모습을 상상하고, 큰 꿈을 품자. 이미 충분히 가치 있는 사람이고 눈부신 미래를 품고 있는 멋있는 사람임을 잊지 말자.

07 | 나는 오늘부터 나답게 살기로 했다

출근길에 예전에 같은 부서에서 근무하던 친한 언니를 만났다. 반갑게 인사를 나누고 "언제 밥 한번 먹자"라고 하며 헤어졌다. 그 후 그 언니와 밥을 먹으러 갔을까. 명확한 날짜가 정해지지 않는 '언젠가'는 달력에 존재하지 않는다. 그 언니와 진짜 '밥을 먹고 싶었던 것'이 아니라 그냥 지나가는 인사말이었을 것이다. 진짜 먹고 싶었다면 그 날 바로 먹든가 아니면 적어도 약속날짜를 잡았을 것이다.

지금까지 달력에도 없는 '언젠가'라는 핑계를 대며 미루는 삶을 살아왔다. '언젠가 하고 싶은 일을 꼭 할 거야', '언젠가 한번 보자'라는 말은 진짜 실행하고자 하는 의지가 약하거나 아예 없을 때 자주 사용된다. 그러면서 내심 완벽한 순간을 기다린다. 정말 기다리면 완벽한 순간이 올까. 이 일이 해결되고 나면 분명 또 다른 일이 찾아온다. 언

제까지 상황이 완벽하지 않다는 핑계만 대며 미적거리면서 삶을 살아
갈 것인가. 완벽한 상황을 기다리다가는 기회를 다 놓치게 된다. 완벽
해 지기를 기다리지 말고 일단 기회를 잡고 그 상황 속으로 들어가서
부딪히다보면 조금씩 완벽해 지는 것이 아닐까.

기회는 왔을 때 잡아야 한다. 기회의 여신은 당신의 완벽한 때를 위
해 기다려 주지 않는다. 하지만 사람들은 대부분 삶을 바꿀 수 있는 성
장의 기회가 왔을 때, 할 수 있는 하나의 이유보다 할 수 없는 백 가지
의 이유를 먼저 생각해 내기 바쁘다.

해마다 인사시즌이 되면 내 능력을 발휘하며 일할 수 있는 자리로
발령 나기를 내심 기대한다. 강연과 교육에 관심이 많으니 강연을 기
획하는 교육담담 부서나, 글 쓰는 걸 좋아하니 그와 관련된 부서에서
일하고 싶은 마음이 있다. 어느 날, 평소 존경하던 팀장님이 반가운 소
식을 들고 왔다. 영어를 전공한 나에 대한 배려였다.

"송이씨, 이번에 영어 관련 부서에서 사람이 한 명 필요한데, 한번
해 볼 생각 있나?"

그 말을 듣고 엄청 기쁘고 행복했다. 지금까지 상상해 오던 순간이
었다. 당장 하겠다고 하고 싶었다. 그런데 자신감 없는 말투로 이렇게
말하고 있었다.

"정말 해보고는 싶지만 지금 애가 셋인데다 아이들도 어려서 야근하기도 어렵고 주말에 나오는 것도 어려워요. 또 애 낳고 키우느라 영어를 한 동안 안 했더니 영어도 잘 못해요. 제안은 정말 감사하지만 지금은 어려울 것 같아요. 근데 준비해서 언젠가 꼭 해 보고 싶네요."

이렇게 찾아온 기회를 걷어찼다. 확신 없는 태도와 반응에 나를 선택할 리 없다. 당연히 그 자리는 다른 사람으로 채워졌다. 이런 태도라면 평생 원하는 일을 하지 못한다. 자리가 사람을 만든다는 말이 있다. 일단 그 자리에 가면 거기에 걸맞은 사람이 되기 위해 노력하고 그러면서 성장한다. 모든 상황이 완벽하게 준비되어 있을 때 하려고 하면 한 발자국도 움직이지 못한다. 인생을 살면서 완벽한 상황은 오지 않는다. 삶은 언제나 힘들고 상황은 언제나 안 좋다.

얼마 전 베트남에서 교환 직원이 왔다. 베트남 공무원인 그녀는 한국 사람과 영어로 대화 한다. 그녀와 금방 친해졌다. 하지만 내 짧은 회화실력이 문제였다. 예전 같으면 영문학을 전공했지만 형편없는 실력이 들통날까봐 말을 하지 않고 피하거나, 완벽한 회화를 하고 싶은 마음에 차라리 입을 다무는 쪽을 택했을 것이다. 영어는 나에게 의사소통 수단 이상의 의미를 지니고 있었다. 영어를 전공한 내가 다른 사람들로부터 평가받는 느낌이 싫었다. 이 생각이 결국 한 마디도 못 하게 만들었다.

그렇지만 마음을 고쳐먹었다. 베트남 친구에게 10년 넘게 영어를 쓸 일이 없다보니 영어로 대화 나누기가 어렵다고 솔직하게 말했다. 마음이 편했다. 그리고 간단한 일상 대화를 이어갔다. 이것이 자극이 되어 집에 돌아와 그만두었던 영어공부를 다시 시작했다. 우리 두 사람은 점심시간 마다 만나 대화를 나누기로 했다. 이러한 과정 중에 다시 영어가 술술 입에서 나오는 시간이 오리라 기대한다.

현실을 인정하고 지금의 상황과 처지에서 한 발짝 나아갈 수 있으면 그걸로 된다. 영어로 대화를 나누는 동안 베트남 친구는 내게 "송이 씨와 함께 있으면 마음이 편하고 즐거워요. 정말 해피 바이러스에요." 라고 말했다. 영어를 잘 한다는 칭찬보다 더 기분이 좋았다. 언어가 유창하지 않아도 진실 된 마음은 통하기 마련이다. 그녀도 내 해피바이러스에 감염된 게 틀림없다.

있는 그대로 인정하자 마음이 편해졌다. 지금까지는 당당하지 못했고 다른 사람 눈을 의식하느라 내 마음을 바라보지 못 했다. 마음의 소리를 외면했다. 이제는 그런 어리석음을 범하지 않는다. 다른 사람은 내 인생에 별로 관심이 없다. 내 인생에 가장 관심을 가져야 할 사람은 나다. 이것이 오늘도 나답게 살아야 하는 이유다.

아인슈타인은 "어제와 같은 삶을 살면서 다른 내일을 기대하는 건 정신병과 같다."라고 말했다. 조금 과격한 표현이기는 하지만 부인할 수 없는 사실이다. 나도 전에는 그랬다. '언젠가'라는 악마의 손을 잡고 매일 똑같이 안일하게 살면서도 한 편으로는 삶에 기적이 일어나길 바랐다. 기적은 절대 하루아침에 일어나지 않는다. 기적은 과정이다. 영어를 잘 하고 싶으면 당장 한 문장이라도 입으로 말하고 외우자. 글을 잘 쓰고 싶으면 당장 한 줄이라도 써 보자.

처음 블로그를 시작했을 때, 엄청 멋있게 보이는 콘텐츠를 보면 주눅이 들었다. '과연 이런 세상 속에서 보잘 것 없는 내 글을 누가 읽어주기나 할까'라는 생각이 들었다. 힘이 잔뜩 들어가서 그럴 듯한 콘텐츠를 만들려고 눈에 불을 켰다. 결코 쉽지 않았다. 결국 '나는 이것밖에 안 되는구나'라며 좌절했다.

그러다 마음을 고쳐먹고 글 속에 있는 그대로의 나를 담았다. 다른 사람의 글처럼 화려한 그림이나 사진은 없었다. 대신 진솔함이 있었다. 그러자 한 명 두 명 내 글을 읽는 사람들이 늘어갔다. 공감을 눌러주고 댓글로 관심을 나눠준다. 남과 비교하거나 남의 시선을 의식하면 그들을 흉내 내려고 한다. 하지만 내 색깔을 없애고 따라하는 것 자체가 고통이고 그 고통 속에서 억지로 끌어낸 결과물은 결국 남에게도 외면당한다. 그냥 나다운 게 가장 좋다.

현재의 나는 지금까지 살아 온 인생의 결과다. 성실하게 열심히 살아왔다. 남부럽지 않은 직장도 얻었고 보물 같은 아이도 셋이나 있다. 그래 참 잘 살아왔다. 그런데 지금 현재 살고 있는 모습이 내 미래의 모습이라면 어떨까? 정년퇴직 할 때까지 똑같은 일을 하게 될 것이다. 아이들이 커 감에 따라 월급을 모아서 조금 더 큰 평수의 집으로 이사하는 평범한 인생을 살아갈 것이다.

지금하고 전혀 다를 것 없는 평범한, 가슴 뛰지 않는 삶을 생각하자 마음이 답답해졌다. 내 젊은 시절을 이렇게 보내고 싶지 않았다.

기회가 왔음에도 낚아채지 못하고 망설이는 이유는 '언젠가' 라는 말로 위안을 삼으며 완벽한 타이밍을 기대하기 때문이다. 하지만 무엇을 하기에 완벽한 때란 없다. 그 언젠가는 바로 오늘이다. 꿈틀거리는 꿈을 발견하고 오늘부터 나답게 살기로 했다. 꿈이 생겼으면 이것저것 생각하지 말고 그냥 오늘부터 나답게 살기로 마음 먹어보자.

08 | 나는 더 이상 403호 아줌마로 살지 않기로 했다

최근에 육아나눔터라는 곳에 자주 간다. 장난감을 대여할 수도 있고 아이들과 함께 즐거운 시간을 보낼 수 있다. 그 날도 아이들과 함께 육아나눔터에 갔다. 얼마 지나지 않아 엄마들이 꽤 많이 모였다. 아이들은 금세 친해져서 자기들끼리 놀고 엄마들은 자연스럽게 삼삼오오 모여 이야기꽃을 피웠다.

그 중에 수정이 엄마가 있다. 초등학교 3학년 아들과 유치원생 딸이 있고 한 때 직장에서 인정받으며 일하는 잘 나가는 커리어우먼이었다. 지금은 육아에만 전념하며 살고 있다. 아이들이 어렸을 때 돌봐 줄 사람이 없어서 일을 그만 둘 수밖에 없었다고 한다. 이제 둘째도 어린이집에 다닌다. 그래서 둘째가 어린이집에서 돌아오기 전까지 마트에서 일을 한다고 했다.

우리 주변에는 수정이 엄마와 같은 사람들이 많다. 보통 결혼 후 아이를 낳고 직장을 그만두는 여성들이 많다. 이를 대변하듯 경력단절여성을 뜻하는 '경단녀'라는 신조어가 생겼다. 아이가 어린이집에 들어갈 때가 되면 엄마들은 본격적으로 '403호 엄마'로 불리는 때가 온다. 나도 둘째가 채 돌도 되지 않아 셋째가 생기면서 계획했던 것보다 휴직 기간이 길어졌다. 그 때 나도 이름 대신 호수로 불리며 동네 아줌마로 살았다. 어린이집 하원 후 놀이터에 나가면 미리 약속하지 않아도 아파트 아줌마들을 모두 만날 수 있다. 그 때부터 수다에 열을 올리다 저녁 시간이 되서야 저녁밥상을 차리러 가기 위해 일어난다.

대한민국에서 엄마로 살아간다는 것은 대단한 일이다. 이것은 전업 맘이든 워킹 맘이든 다 마찬가지다. 전업 맘은 아이들 키울 때는 정신없이 살다가 아이들 다 크고 나면 '이대로 살아도 괜찮은가'라는 생각에 불안해하며 재취업의 기회를 노린다. 일하는 여성은 그 나름대로 임신, 출산, 육아와 자기 직업을 병행하는 데 어려움을 겪으며 살아가고 있다. 가정과 일 둘 중 하나를 포기해야 하는 경우가 부지기수다.

며칠 전에 나는 한 신문기사에서 눈을 떼지 못했다. 워킹 맘의 삶을 적나라하게 보여주는 한국경제신문 기사였다. 기사 내용이 우리 시대 엄마들의 삶을 너무도 잘 표현하고 있었다. 일을 하면서 그나마 친정과 시댁에 아이를 맡길 수 있는 형편이면 좋은데 그렇지 못하면 결국 월급 대부분을 가사도우미나 아이를 돌봐주는 베이비시터를 고용하는데 써야하는 것이 우리 사회 현실이다.

사무실에서 함께 일하는 언니도 요즘 심각하게 육아휴직을 고민하고 있다. 아들이 둘인데 큰 아들이 이번에 초등학교에 들어갔다. 유치원 때는 6시 퇴근할 때 까지 어린이집에서 보육을 해준다. 그런데 초등학교 저학년은 2시면 집에 돌아온다. 혼자 간식을 챙겨먹고 엄마가 돌아오는 밤 시간까지 학원을 전전한다. 현실이 이렇다 보니 대부분 엄마들은 '뭣이 중한디?' 라는 마음으로 휴직을 하고 그것이 여의치 않으면 직장을 그만둔다.

이렇게 마음 고생하며 아이 키우면서 살아가지만 정작 그 삶 속에 자신을 위한 시간은 전혀 없다. 내 인생을 챙기고 싶지만 가족들을 위해 더 희생을 해야 할 것 같다. 여자의 삶이란 둘 중 어떤 선택을 해도 만족할 수 없는, 가슴 한 구석이 항상 아쉬움을 안고 살 수밖에 없는 것인지도 모른다.

20년 동안 집에서 살림만 했다고 꿈을 가질 수 없는 것이 아니며, 직장생활을 한다고 해서 꿈을 가지고 있다고도 볼 수 없다. 직장은 대부분 사람들에게 꿈을 펼치는 무대 이전에 생계를 위해 다녀야 하는 일터이기 때문이다.

이 세상에 영원한 워킹 맘도, 영원한 전업 맘도 없다. 워킹 맘은 워킹 맘대로 육아와 일을 병행하는 데 어려움을 겪으며 살아가고, 전업 맘 역시 삶 속에서 자신이 없어지는 느낌에 말 못할 고민이 많다. 우리는 모두 누군가의 아내이고 아이들에게 세상에 하나뿐인 엄마라는 공통점이 있다. 그런 삶 속에서 여자들은 자신이 꿈을 직접 실현하는 주체로 살아가기 힘들다. 남편과 아이들의 꿈을 응원하고 실현시키기 위해 노력하는 삶을 당연하듯이 받아들이게 된다. 그래도 내가 만나는 주변의 아줌마들은 여전히 자신만의 꿈에 대한 희망을 버리지는 않는다. 아이들 다 키우고 나서 하고 싶은 것 마음껏 하고 살 거라며 당당히 말하는 야심찬 여자들이다.

어느 날, 나 자신의 내면의 목소리를 무시하지 않기로 했다. 지금까지 한 번도 가보지 않은 길을 가 보기로 결심했다. 새로움이 없는 일상이 재미가 없었다. 내가 선택한 삶 속에서 과연 잘 살고 있는지도 의문이었다. 똑같은 일상의 반복, 열심히는 살고 있지만 신선함과 새로움의 부족이 삶을 무료하게 만들었다. 다른 길을 선택하고 싶어졌다. 학생시절 영 · 미 시 수업 시간에 배운 로버트 프로스트의 시가 한동안 공허한 마음을 채웠다.

가지 않은 길

노란 숲 속 두 갈래로 길이 나 있었습니다.

두 길 다 가보지 못하는 것이 안타까워,

한동안 나그네로 서서

한쪽 깊이 굽어 꺾여 내려진 곳으로

눈이 닿는 데까지 멀리 바라보았습니다.

먼 훗날 어디에선가 나는 한숨을 쉬며 말할 것입니다.

숲 속에 두 갈래 길이 있었는데,

나는 사람들이 적게 간 길을 택했노라고,

그래서 모든 것이 달라졌다고.

지금 가지 않은 길을 걷고 있다. '공무원의 삶'이라는 정해진 길 말고 '작가의 삶'을 더했다. 어떻게 삶이 책이 될 수 있는지 몰랐다. 혼자 궁금해 하기만 했고 '작가'란 나와는 상관없는 별나라 이야기 인줄 알고 살았다. 감히 엄두 내지 못 하는 창작의 영역 그 비슷한 어딘가 쯤에 있을 거라 여겼다.

지금은 어떻게 삶이 책이 되는지 안다. 그렇게 내 삶을 책에 담기 위해 오늘도 고군분투한다. 처음에 책을 쓰려고 했을 때는 두렵기도 하고 자신감도 없었다. 아직 아이들도 어리고 지금도 충분히 고된 삶을 살고 있다고 생각했다. 그런 내 삶에 새로운 무엇인가를 더해도 되는지, 해낼 수 있을지 의문이었다. 분명한 것은 지금은 매일 가슴 설레고 가슴 뛰는 삶을 살고 있다는 것이다. 가슴이 뛰려면 무언가 새로운 일에 도전을 해야 한다. 그리고 그 도전하는 일이 좋아하는 일이면 더 기쁠 것이다.

처음에는 '책 쓰기'가 마치 해치워야할 숙제처럼 느껴졌다. 얼른 책 한 권 출간 해 버리고 싶었다. 하지만 글을 쓰고 고민하는 시간이 늘어갈수록 삶을 책에 담는 일은 막중한 책임을 동반함을 알게 되었다. 책이 되면 내 손을 떠난다. 그리고 혼자 소리를 낼 것이다. 누군가 내 책을 읽고 반응을 보인다. 비평을 할 수도 감동을 받을 수도 있다. 글은 영혼에 직접 영향을 미친다. 결코 숙제 하듯 뚝딱 해치울 일이 아니다.

이제는 세상에 하찮은 삶은 없고 이 세상 모든 삶은 책이 될 자격이 있다는 것을 안다. 이 깨달음을 얻기 까지 갈팡질팡했다. 글을 잘 쓰는 사람이 수없이 많은 세상에 나까지 책을 써 소음을 더해야 하는가 묻다가, 내 인생은 살아 낸 나밖에 모르고 내 삶은 책이 될 충분한 가치가 있다고 결론을 내렸다. 이제 나는 고민하지 않는다. 글을 쓰며 충만함과 행복함을 만끽하고 있다.

PART
02

서른과 마흔 사이에
꿈을 꾸다

도전에 따른 경험이 삶에 기회를 제공한다.
도전은 어차피 남는 장사다. 성공하면 두말 할 것도 없이
좋은 것이고 실패해도 그 실패 속에서 조금 더 현명해 질 것이며,
그 다음 도전에서는 성공 할 가능성은 커진다.
그러니 머뭇거리지 말고 도전해 보자.
성공하면 행복해지고 실패하면 현명해진다.

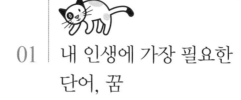

01 | 내 인생에 가장 필요한
단어, 꿈

꿈꾸지 않으면 사는 게 아니라고

별 헤는 맘으로 없는 길 가려 하네

사랑하지 않으면 사는 게 아니라고

설레는 마음으로 낯선 길 가려 하네

아름다운 꿈꾸며 사랑하는 우리

아무도 가지 않은 길 가는 우리들

누구도 꿈꾸지 못한 우리들의 세상

만들어가네(중략)

부엌에서 설거지를 하고 있는데 7살 된 딸아이가 그림을 그리면서 무슨 노래를 흥얼거리고 있었다. 그 노랫말이 가슴에 와 닿았다.

"민아야, 너 이 노래 어디서 배웠어?"

"어린이집에서 배웠는데, 다음 주 학예회 때 발표할거야"

딸과 이야기를 끝내고 바로 노래를 검색했다. 대안학교인 간디학교 교가로 꿈에 대한 좋은 노래라고 소개되어 있었다. 전체 가사를 찾아 음미해 보았다. 모든 가사가 울림이 있었지만 특히, "꿈꾸지 않으면 사는 게 아니라고"라는 노랫말이 오랫동안 마음을 떠나지 않았다.

언제부턴가 꿈을 잃어버리고 취직, 승진, 결혼, 넓은 집으로 이사 가기 등의 목표에 둘러싸여 살아가고 있었다. 나는 목표가 아닌 꿈에 도전하는 기업인 구글을 좋아한다. 구글은 인류의 문제를 해결하기 위한 꿈을 실현하려고 비밀연구소 구글 엑스를 설립했다. 교통사고를 줄일 수 있는 방법을 고민하는 것이 아니라 아예 교통사고를 없애 보자는 무모해 보이는 꿈을 안고 무인자동차를 만들었다. 전 세계 어디서나 인터넷을 사용할 수 있어야 한다며 열기구로 정글과 오지에 인터넷을 보급하기도 한다. 구글의 이러한 무모한 꿈이 언뜻 보면 이해가 가지 않는다. 검색사이트를 운영하고 소프트웨어를 만드는 구글이 왜 이런 무모한 꿈에 도전하는 걸까?

구글이 처음 검색사이트를 시작했을 때 많은 사람들이 이렇게 말했다고 한다.

"너희는 망할 거야! 검색 회사는 이미 여러 군데 있거든."

하지만 이에 굴하지 않고 구글의 창업자 래리 페이지는 말했다.

"우리는 다른 방식으로 할 거야."

구글이 선택한 다른 방식이 꿈이었다. 수많은 도전을 통해 구글은 성장했고 그 과정에서 목표는 이루어져 가고 있다. 지금 우리 눈앞에서 펼쳐지는 구글의 멋진 행보가 그걸 증명한다.

인생에 가장 필요한 단어는 꿈이다. 구글이 그랬듯이 무모해 보이는 꿈을 꾸고 그 꿈에 다가가는 도전 속에서 성장하고 결국 꿈은 이루어진다. 구글처럼 전 지구적인 문제해결을 하기 위한 꿈은 아니더라도 자신의 인생을 빛나게 해 줄 꿈을 가지고 살아야 한다.

나는 한 학년에 두 반 밖에 없는 시골 초등학교에서 백일장을 다 휩쓸고 다니는 문학소녀였다. 자주 상도 타니 스스로 글쓰기에 소질이 있다고 생각했다. 가끔 학교에서 글쓰기 주제를 내주고 다음 주 월요일까지 제출하라고 했다. 그 주말은 새벽에 일어나 연습장에 초안을 작성하고 원고지에 한 글자 한 글자 또박또박 옮겨 적었다. 적으면서 다시 고치기도 했다. 그 땐 몰랐지만 그게 초고와 퇴고였다. 사는 내내 잊고 살았지만 그 새벽 시간 난 정말 행복했고 만족스러웠다.

글짓기를 마치고 먹는 아침밥은 꿀맛이었다. 겉으로 변한 건 없는데 글을 쓰면서 마음이 달라졌다. 글을 다 쓰고 동네 아이들과 하는 얼음땡 놀이 속에서 나는 날아다녔다. 결과가 좋아 상을 타오면 들에서 일만 해서 얼굴이 까맣게 그을린 아빠가 하얀 이를 드러내며 아주 좋아했다.

글짓기는 어렸을 때 내가 좋아하는 일이면서 잘하는 일이었다. 그래서 초등학교 때는 막연히 작가의 꿈을 꾸었다. 살아가는 내내 마음속에 담아두고 있는 은사님이 한 분 있다. 초등학교 3학년 때 담임 선생님이다. 인터넷이 이처럼 발달하지 않았던 그 시절 방학 때면 손 편지로 안부를 주고받았다. 며칠 전 앨범 정리를 하다 선생님의 답신 편지를 보았다.

"교과서 공부도 중요하지만 자기의 소질을 찾아 기르는 것도 아주 중요한 일이란다. 우리 송이는 글짓기를 제법 잘한다고 생각하는데 네 생각은 어떠니? 훌륭한 소설을 쓰는 사람, 좋은 시를 쓰는 사람, 드라마를 잘 써서 시청자들에게 기쁨을 주는 사람들 모두 훌륭하지 않니?"

중학교 3학년 여름방학 때 편지였다. 졸업하고도 오랫동안 선생님과 편지가 오갔다. 하지만 언제부터인가 연락은 끊어졌고 지금은 어떻게 지내는지 그리워진다. 지금 와서 생각해 보니 선생님은 처음으로 내 안의 재능을 발견하고 일깨워준 분이다.

중·고등학교를 가면서 글재주가 더 뛰어난 친구들을 보며 내가 우물 안 개구리였다는 생각이 들었다. 학년이 올라가면서 자연스럽게 작가의 꿈은 희미해졌다. 중·고등학교 때도 여전히 책을 좋아하는 문학 소녀였고 매일 일기를 썼다. 책을 읽고 글에 생각을 담아두는 일은 삶의 중심축이었다.

하지만 대학을 진학할 때나 학과를 선택할 때는 오직 성적만이 기준이 되었다. 인생을 좌우하는 전공 선택에 꿈은 별로 중요하지 않았다. 성적이 뒷받침 되어야 학과를 고를 수 있다. 꿈도 성적순으로 꿀 수 있다. 거기다 마음속에 명확한 꿈도 비전도 없었다. 졸업 후 취직이 잘되는지가 중요했다.

중학교 때는 좋은 고등학교를, 고등학교 시절에는 좋은 대학을 목표로 공부했다. 대학 때는 부모님 기대에 어긋나지 않는 그럴싸한 직장에 취직하는 것을 목표로 삼고 살았다.

지금까지 누구보다 열심히 살아왔고 지금도 열심히 살고 있다고 자부한다. 하지만 가슴 한 구석이 항상 비어있는 느낌을 지울 수 없었다. 가족의 건강과 행복을 바라고, 남편의 승진을 바라고, 아이들을 좀 더 잘 키우기 위해 고민하고 애쓰는 사이에 나는 항상 뒷전이었다.

이런 인생에서 가장 필요한 단어는 바로 '꿈'이라는 단어였다. 꿈만이 없어져가는 나를 찾아줄 수 있을 거라고 확신했다. 아내, 엄마라는 이름 뒤에 숨어버린 꿈을 찾고 싶었다. 미래에는 내가 우뚝 서 있기를 바랐다.

사람은 누구나 꿈을 꿀 수 있다. 이 나이에 무슨 꿈이냐며, 먹고 살기도 바쁜데 무슨 꿈을 꾸냐고 말하지 말자. 꿈이 빠진 인생은 진짜 인생이 아니다. 꿈꾸지 않으면 사는 게 아니다.

꿈을 꾸면 열정적인 삶을 살 수 있다. 삶이 변하고, 변화된 삶 속에서 자신감도 생긴다. 꿈의 힘은 우리가 생각하는 것보다 훨씬 더 위대하다. 꿈은 특별한 사람의 전유물이 아니다. 인생이 재미없고 허무하다고 느껴진다면 꿈이 필요하다. 꿈이 없는 사람은 어제와 똑같은 내일을 살아간다. 꿈을 꾸는 사람이 행복한 미래를 만든다. 인생에 가장 필요한 단어를 꿈으로 만들자.

02 | 서른과 마흔 사이에서 꿈을 꾸다

스물에 맞는 아침과 서른에 맞는 아침은 다르다. 세상이 바뀐 건 없지만 받아들이는 느낌은 분명 다르다. 스물은 그냥 좋은 나이라면 서른은 노력하는 나이다. 마흔의 느낌은 또 다르다. 스물이 준비과정이고 서른이 노력하는 과정이라면 마흔은 성과를 보여야 하는 나이다. 아무리 백세시대라지만 실제로 활발하게 육체적, 정신적인 활동을 할 나이는 80세가 한계다. 팔십을 기준으로 하면 마흔은 인생의 정점이다.

마흔을 앞에 두면 마음이 조급해진다. 나이는 숫자에 불과하다지만 눈 가리고 아옹 하는 소리다. 나이는 나이다. 피부도 세월을 이기지 못하고 머리카락도 윤기를 잃는다. 마흔이 가까워오면 바빠진다. 개인적으로 성취한 일에 만족하지 못할 때는 대안을 찾는다. 가장 먼저 자식들이다. 자식의 진학이 엄마의 성취다. 다음은 남편의 직함이다. 그리고 아파트 평수다.

서른과 마흔 사이의 여자들이 오늘도 딸, 엄마, 아내, 며느리로 일인다역을 하느라 바쁘다. 나도 역시 바쁘다. 아침에 일어나서 가족들을 위해 식사를 준비하고 회사에 출근해서 열심히 일하고 다시 퇴근하고 집에 오면 다시 육아전쟁이 시작된다. 매일 똑같은 일상이 기다리고 있다.

얼마 전 삶이 무료하다고 느껴질 때 반짝이는 순간을 경험했다. '꿈'이라는 녀석이 다시 찾아와 가슴을 요동치게 한 것은 정말 우연한 기회였다. 사람의 일은 늘 어느 날 갑자기 시작된다. 그 어느 날, 큰 기대 없이 공무원 대상 '책 쓰기 특강'에 참석해 강의실에 앉아있었다.

돌이켜보면 그날은 내 인생에서 꼭 기억해야 할 날이다. 그동안 가슴에 숨겨두고 있던 꿈이 꿈틀거리기 시작했다. 강의를 들으면서 심장이 쿵쾅거렸다. 강의를 듣는 내내 가슴이 터져버릴 것만 같았다. 푸석푸석한 삶에 단비와도 같은 강연이었다.

행운은 누구에게나 찾아오지만 아무나 잡지 못한다. 행운은 무슨 일이든 열심히 하는 사람에게 주어지는 뜻밖의 선물이다. 생각 없이 수동적으로 살아가는 것이 아니라 오늘 최선을 다하는 사람에게 주어지는 특혜다. 평소에 강연 듣는 것을 누구보다 좋아했다. 더구나 관심 있는 '책 쓰기 특강'이라는 공지에 망설임 없이 바로 특강에 참석 신청을 했다. 가슴이 시키는 대로 행동했다.

　꿈을 찾을 수 없다고 푸념하면서 대충 시간을 때우며 삶을 채워나가는 것보다, 꿈이 찾아올 때까지 모색하며 삶에 임해보면 깨닫게 된다. 꿈을 찾아 헤매기보다는 찾아오게끔 만드는 것이 인생을 살아가는 현명한 자세라는 것을.

　사는 동안 꿈이 없는 것은 아니었다. 하지만 결혼하고 직장 생활과 육아를 병행하는 동안 꿈은 항상 뒷전이었다. 아이를 낳고 살면서 꿈은 마음 속 깊은 곳으로 숨어버렸다. 꿈꿨던 미래보다는 지금의 눈앞에 닥친 현실에 순응하며 살았다.

　스물아홉 살, 적지도 많지도 않은 나이에 결혼 했다. 허니문 베이비로 첫 아이가 찾아왔다. 결혼 전에는 혼자만 챙기고 살면 되었지만 아내가 되고 엄마가 되면서 책임이 늘었다. 첫 아이와의 만남은 아이가 뱃속에 있을 때부터 삶에 예상치 못한 영향을 미쳤다. 아이는 축복이지만 입덧은 재앙이었다. 먹으면 자꾸 토하니 화장실 변기를 붙잡고 살았다.

　입덧은 겪어보기 전에는 모른다. 버스를 오래 타서 멀미를 느끼는 토할 것 같은 메스꺼움이 24시간 내내 지속된다. 겪어봐야 고통을 안다. 잘 때는 그나마 괜찮지만 깨어있을 때는 메스껍고 어지러워 정상 생활이 불가능하다. 입덧 없이 지나가는 사람들도 있다. 그건 정말 큰 축복이다. 나는 아이 낳는 일은 정말 잘 하는데 입덧이 너무 심했다. 이렇게 심한 입덧이 싫어서 아이 낳을 때마다 다시는 아이를 낳지 않을 거라고 굳게 결심했다. 그랬던 내가 5년 사이 세 명을 낳고 키웠다. 낳고 키울 때는 힘들었다. 아니 지금도 힘들다. 하지만 그 아이들이 가져다주는 행복감은 이 모든 고생을 보상해 주고도 남는다.

30대 초반은 가족에 집중하며 살았다. 그 때는 그게 삶에서 가장 중요하고 의미 있는 일이었다. 지금 서른과 마흔 중반 사이에서 아이들을 예쁘게 키우면서 내 꿈도 조금씩 키우고 있다. 이 삶이 행복하고 감사하다.

다시 꿈을 꾸게 되면서 달라진 일 중 하나가 책을 사서 보는 일이다. 글쓰기와 책읽기는 실과 바늘이다. 글 쓰는 사람에게 책은 원료이자 금광이다. 일주일에 두 권에서 다섯 권의 책을 산다. 요리사가 음식 재료를 아끼면 맛있는 음식이 나올 수 없듯이 책값을 아끼면 좋은 글이 나오기 어렵다.

이 모습을 옆에서 지켜보던 선배 언니가 "너는 책 읽을 시간이 있니? 집에서 책 읽다 보면 아이들에게 소홀해 지지 않니? 그래서 나는 아예 내 꿈 따윈 접고 아이들에게 올인 한다."라고 말한다.

이 언니처럼 애를 키우며 직장 생활까지 하는 대부분 여자들은 꿈에 관심을 둘 여력이 없다. 나도 마찬가지였다. 아내와 엄마 노릇을 하며 꿈에 관심을 가지고 꿈을 키워 나갈 시간이 없었다. 삶의 우선순위에서 꿈 따위는 밀어둔 지 오래였다. 세 아이의 엄마로 살면서 꿈은 사치였다.

책 쓰기 특강은 삶을 변화시키는 계기가 되었다. 내 삶을 한 권의 책 속에 담아내리라 마음먹었다. 하지만 시간을 내기 어려웠다. 결혼하기 전에, 더 어린 나이에 책을 쓰는 삶에 대해 알았다면 얼마나 좋을까라는 아쉬운 마음이 들 정도였다.

하지만 서른과 마흔 사이에 서 있는 지금 이 순간이 꿈을 꾸기에 좋은 때라는 걸 안다. 결혼도 했고, 아이도 세 명이나 낳았으며, 행복한 가정을 꾸리며 살아가고 있다. 지금이 아름답고 소중한 내 꿈을 키울 가장 좋은 때다. 아이들이 너무 어리니 아이들을 좀 더 키워놓고 꿈을 들여다보는 게 아니라, 아이들을 위해서라도 엄마가 꿈을 꾸고 엄마의 꿈이 하나하나 이뤄지는 모습을 보여줘야 한다. '꿈꾸는 아내, 꿈꾸는 엄마'로 살아야 한다.

전에는 일상적인 일만 하기에도 벅차고 힘들었다. 하지만 이루고 싶은 꿈이 늘어나자 그 꿈이 나를 이끄는 삶을 살고 있다. 요즘은 전보다 많은 일을 해내고 있다. 세 아이를 키우며 직장 생활을 하는 중 새벽시간을 이용해서 꿈에 한 발짝씩 다가가고 있다.

우연한 강연을 통해 내 마음에 떨어졌던 꿈의 씨앗은 누군가에게 동기를 부여해 주고 경험과 지식을 나누는 메신저로 살고 싶다는 꿈으로 성장했다. 책을 읽고 사색을 하고 글을 쓰며 꿈 너머 꿈을 꾼다. 최선을 다한 삶을 살아낸 오늘의 내가 내일 속 조금 더 성장한 나를 만나면서 꿈에 점점 가까워지고 있음을 느낀다.

스물, 서른, 조금 있으면 어느덧 마흔… 꿈을 꾸기에 늦은 나이란 없다. 내 인생 최고의 날은 아직 오지 않았다. 서른과 마흔 사이는 꿈을 꾸기에 딱 좋은 나이다. 꿈과 희망을 포기하기엔 너무 적지도 많지도 않은 나이다. 너무 많은 가능성을 품고 있는 이십대의 방황의 시절을 잘 견뎌냈고 안정기에 접어든 서른과 마흔 사이를 걷고 있다. 지금까지 참 잘 살아왔다. 그 열심히 살아온 나의 삶에 꿈 꿀 수 있는 기회를 선물하자.

03 | 꿈을 꾸는 순간, 인생이
달라진다

현재 우리나라 최정상급 강연가로 인정받는 아트스피치의 김미경 원장은 피아노 학원을 운영하다 우연히 학원 성공사례발표를 하면서 꿈이 되살아나는 경험을 했다. 하지만 가족들조차도 음대 나온 여자가 무슨 강의를 하냐며 그녀의 꿈을 믿어주지 않았다.

게다가 일에 집중하면 가족이 울고, 가족에 몰입하면 일이 삐걱거렸다. 이런 힘든 상황 속에서도 그녀를 지탱해준 것은, 일도 가족도 아닌 꿈이었다.

처음 하는 강연에서 어디서 어떻게 끝내야 할지 몰라 정해진 시간보다 훨씬 더 길게 강연을 했다. 지금 그녀의 모습으로는 상상조차 할수 없는 실수였다. 그녀는 무명시절에도 유명한 강사가 되어 많은 이들의 가슴을 뜨겁게 하고 TV에도 출연하는 상상을 해 왔다. 그리고 그 상상은 그녀의 삶 속에서 현실이 되었다. 아무도 몰라주던 '강사 김미경'은 청중의 가슴을 뜨겁게 하는 인기강사가 되었고 베스트셀러 작가가 되었다.

20여 년 전 어느 날, 학원성공 사례 발표를 계기로 그녀 마음속의 꿈이 꿈틀거리는 경험이 없었다면 우리는 지금 그녀의 유쾌, 통쾌, 상쾌한 강연을 들을 수 없었을 것이며, 조용하면서도 강력하게 이 땅의 엄마들을 향한 응원의 메시지를 담은 그녀의 책도 접하지 못했을 것이다. 평생 피아노 학원 강사로만 살았을 수도 있었는데 꿈을 꾸면서 그녀의 인생은 달라졌다.

'꿈'이라는 단어는 참 매력적이다. '꿈'이 삶에 들어오면서 내 인생에 커다란 변화가 생겼다. 지금까지 워킹 맘으로 정신없이 살아가느라 꿈을 잊고 살았다. 어렸을 적 꿈꾸었던 '작가'가 되고 싶다는 막연한 바람은 있었지만 삶은 무거웠다. 세 아이의 엄마, 한 남자의 아내, 며느리, 사회에서는 공무원으로 살아가기도 헉헉대는 일상이었다.

일상이 힘들어도 꿈이 흔적조차 없이 사라지지는 않았다. 일기를 쓰고 시간을 쪼개 책을 읽는 생활이 꿈을 꾸는 일이었다.

그러던 어느 날, 나와 주파수가 맞는 강연을 들으며 꿈이 강렬하게 꿈틀거렸다. 너무 오랜 시간 잊고 살았지만 다행히 꿈은 완전히 떠나가지 않았다. 다시 꿈꾸기 시작하자 꿈은 그동안 잠들었던 시간이 아까운 듯 바쁘게 나를 끌어가고 있다.

삶에 순응하며 인생을 밀린 숙제 하듯이 살아가는 사람도 있고 눈앞에 닥친 현실에 매몰되어 매 순간의 행복을 느끼지 못하고 살아가는 사람들도 있다. 모두의 가슴 속에는 꿈이 숨어있고 우리는 죽어가는 꿈을 구할 수 있다.

잠자는 시간을 줄여가며 바쁘게 살고 있지만 꿈이 이끌어주는 삶을 살고 있는 지금이 어느 때보다 행복하다. 원하는 미래를 만드는데 열정과 의지뿐 아니라 꿈과 상상력의 힘이 큰 도움을 준다.

여름이면 냇가에 나가 물장구치며 물고기 잡으며 유년기를 보냈다. 밤이 되면 옥수수 밭에서 옥수수를 따와서 다리 밑에서 동네 친구들과 모닥불 피워놓고 옥수수를 구워먹었다. 집 앞으로는 개울이 흐르고 뒤로는 산이 있는 시골 동네가 그 시절 내 놀이터였다. 자연의 품 안에서 무수한 상상을 하면서 어린 시절 추억을 쌓아올렸다.

빨강머리 앤이 불우한 환경에도 불구하고 씩씩하고 밝고 자랄 수 있었던 것은 상상력 덕분이다. 앤은 언제나 현실 속에서 보이지 않는 것들을 상상 속에서 가능하게 했다. 친구가 갖고 싶은데 친구가 없는 상황 속에서 절망해 있는 대신 서재의 책장 유리창에 비친 자기 얼굴에서 '캐시 모리스'라고 이름을 붙이고 그 가상의 친구와 하루 종일 좋알좋알 이야기 한다.

앤은 상상력이 풍부한 아이다. 앤이 상상하는 모든 것들이 내 유년 시절 추억들을 불러왔다. 엄마의 추억을 아이와 공유하고 싶었다. 이 풍부한 상상의 나래를 보여주고 싶었다. 주말에 딸아이와 뒹굴며 빨강 머리 앤을 함께 보았다. 일곱 살 우리 아이가 열한 살 앤을 보고 "엄마, 앤 진짜 쫑알쫑알 말도 엄청 잘한다."라고 말해 한참을 웃었다.

내 머릿속에서는 내 아이들과 함께 만들어나갈 꿈 가족의 삶이 명확하다. 전에는 가족들을 위해 사느라 내 삶을 위한 시간은 없었다. 매일 바쁘게 열심히는 사는데 마음속은 공허했다. 그 빈 공간을 꿈으로 채워나가자 먼 미래까지 갈 필요도 없이 지금 이 순간 내 인생이 달라졌다.

민아는 미술학원에 다닌다. 얼마 전 퇴근 후에 딸을 데리러 학원에 들렀는데 선생님이 민아의 그림을 들고 흥분된 어조로 설명을 한다.

"오늘 가족에 대한 그림을 그렸어요. 그런데 민아가 이렇게 온 가족이 책을 읽고 있는 그림을 그렸지 뭐에요. 사실 미술 학원 하면서 이런 그림은 처음 봐요. 그냥 가족이 나란히 서 있거나 노는 풍경을 그리거든요. 그림을 보면 평소 가족의 모습이 다 보이는데 가족들이 다 같이 책을 자주 읽나 봐요."

민아의 그림을 보면서 선생님 설명을 듣고 있는데 가슴이 벅차고 행복했다. 그림의 뒷면에 고사리 같은 손으로 민아가 직접 쓴 "엄마 작가되다"라는 작품의 제목이 보였다. 내가 흐뭇하게 바라보자 선생님은 민아가 제목도 곰곰이 생각해서 스스로 지은 거라며 또 폭풍칭찬을 했다. 그 후 선생님은 7살 아이가 그린 책 읽는 가족의 풍경이 특별하다고 생각해 미술대전에 출품했다. 이 작품은 한국미술교육학회가 주최한 미술대전에서 우수상을 탔다.

내가 꿈을 찾는 삶을 살자 아이들의 삶도 변하기 시작했다. 아이들이 어떤 삶을 살아가기를 바라는가. 내가 바라는 모습을 내 삶 속에 담아낸다면 아이들은 부모를 보고 그대로 배운다. 책을 좋아하는 아이로 키우고 싶으면 부모가 먼저 책을 읽으면 된다.

리처드 바크의 《갈매기의 꿈》에서 주인공 조나단 리빙스턴은 남다른 꿈을 가지고 살아가는 갈매기다. 다른 동료 갈매기들에게 하늘을 나는 일은 단순히 생존에 필요한 먹이를 구하기 위한 수단이다. 하지만 조나단에게는 인생을 건 꿈이다. 조나단은 어느 날, 하늘을 나는 이유가 먹이를 구하는 것보다 더 숭고한 무언가일 것이라고 생각한다. 높이 날아오를수록 벅찬 감동을 불러일으키는 까마득한 수평선, 부서지는 파도, 떠오르는 태양과 석양에 물든 하늘을 볼 수 있었기 때문이다. 갈매기 조나단은 '높이 나는 갈매기가 더 멀리 본다.' 는 진리를 알려준다.

어제와 같은 오늘을 살아가고, 내일도 아무 기대할 것이 없는 삶은 자신의 꿈을 무시하는 것이다. 스스로 더 높이 날 수 있고, 더 멀리 날

수 있는데 선창가의 고깃배 주위를 날면서 남이 던져주는 고기로 배를
채우는 조나단의 친구들과 같은 삶을 살고 있지는 않은지 생각해 봐야
한다. 이러한 삶을 살아가면 절대 인생이 달라지지 않는다. '높이 날
겠다는 꿈'이 조나단을 더 큰 세상으로 안내했듯이 지금하고는 다른
인생을 살기를 원한다면 가슴을 뛰게 만드는 꿈을 꿔야 한다. 꿈을 꾸
는 순간, 인생이 달라진다.

04 | 자신에게 기회를 주어라

대학교 2학년 때 공무원 시험에 합격했다. 2년을 더 다니고 졸업을 할지 중퇴하고 바로 취직을 할지 결정해야 했다. 많은 사람들이 "공무원은 빨리 들어갈수록 경력이 쌓여서 좋다", "공무원 되면 대학 졸업장 아무 소용없다."라고 말하며 당장 취직할 것을 강권했다.

하지만 내 생각은 달랐다. 공무원이 되면 평생 한 직업에 몸담고 일을 할 건데 다양한 경험을 할 기회가 있는 대학생의 삶을 포기하고 싶지 않았다. 망설임 없이 합격 후 임용 될 시청에 임용유예 신청서를 제출했다. 임용을 미루고 대학을 마치기로 했다. 다양한 경험이 인생을 풍요롭게 하고 경험과 도전이 쌓여 삶이 성장한다고 생각했다.

인생에 두 번 다시 오지 않을 청춘의 2년을 헛되이 보내긴 싫었다. 짧다면 짧고 길다면 긴 시간을 알차게 사용하려 노력했다. 철저하게 계획을 세우고 그대로 실행에 옮겼다.

다른 친구들이 학과 공부에 매달릴 때 그 동안 읽고 싶었던 책을 읽고 영어공부를 했다. 방학 때 해외에 나가려고 주중에는 영어학원에서 강사로 일하고 주말에는 분식집에서 일을 하면서 돈을 모았다.

계획대로 방학 때마다 해외에 나갔다. 처음에는 영어도 배울 겸 필리핀 마닐라에 다녀왔다. 필리핀 현지인의 집에서 두 달 정도 머물며 영어 공부도 하고 필리핀 곳곳을 여행 다녔다. 필리핀 여행 중 지프니를 타고 집으로 돌아오는 길에 총기 든 강도를 만났다. 지프니는 필리핀 대중교통 수단으로 우리나라 군용트럭과 비슷하게 생겼다. 처음부터 차에 타 있던 세 명의 강도는 차에 여자들만 남게 되자 총과 칼로 우리를 위협했다. 가방을 통째로 빼앗아 차에서 뛰어내리더니 유유히 사라졌다. 가지고 있던 모든 것을 잃었지만 목숨을 빼앗기지 않았음에 감사하며 집으로 돌아왔다. 그 경험을 통해 여자도 밤길을 비교적 안심하고 돌아다닐 수 있는 한국에 태어난 걸 감사했다.

그 다음 방학 때는 캐나다 밴쿠버에 갔다. 그 때도 현지인의 집에서 홈스테이를 하며 현지 생활을 체험하고 여행도 많이 다녔다. 함께 갔던 친구들과 수업이 없는 주말마다 캐나다의 곳곳을 다니며 많은 추억들을 쌓았다. 태어나 처음으로 스키장에 가 보았다. 생애 처음 가본 스키장이 밴쿠버 휘슬러스키장 이라니! 난 정말 행운아다. 끝도 없이 펼쳐진 설경에 감탄사가 절로 나왔다. 2010년 휘슬러에서 동계올림픽이

열렸다. 한번 다녀 온 곳이라고 반가웠다.

아르바이트를 해서 번 돈을 방학 때마다 해외 여행하는 데 다 투자했다. 이미 직업도 정해진 상태라 홀가분한 마음으로 여행을 다녔다. 더 많이 보고 느끼려 노력했다. 여행은 경험의 종합 선물세트다. 꾸미기 좋아하는 여대생일 때였지만 옷이나 화장품을 사기보다 경험을 쌓는 데 돈을 투자했다. 옷을 사고 얻는 행복감은 경험을 샀을 때 얻는 행복감에 비해 강도도 약하고 오래 가지 않았다. 어제 산 예쁜 옷에 대해 친구와 잠깐 동안 이야기 나눌 수는 있지만 두고두고 그 옷에 대해 이야기 하진 않는다.

여행은 다르다. 지금도 필리핀과 캐나다에서 현지인들의 집에서 함께 생활했던 시간들이 가슴 속에 생생하게 남아있다. 한참이 지났어도 주위 사람들과 신나게 이야기 할 수 있는 소재거리를 제공한다. 그 때 함께 시간을 보낸 소중한 인연을 지금까지 이어가고 있다.

대학생 때의 해외 경험은 우물 안 개구리였던 내 생각의 수준을 높여주는 계기가 되었다. 인생은 우리가 경험하고 생각하는 수준만큼 향상된다. 그렇기 때문에 생각의 수준을 높이는 기회가 찾아온다면 지체 말고 그 기회를 잡아야 한다. 이러한 경험이 있었기에 공무원이 되고 나서도 기회가 찾아왔을 때 망설임 없이 그 기회를 잡았다.

임용된 지 얼마 지나지 않은 신규 공무원이었을 때 일이다. 경기도 인재개발원 교육 중 하나로 중급영어회화 과정이 있었다. 경기도 공직자 스무 명 정도를 선발하여 호주로 한 달 동안 어학연수를 다녀오는 프로그램이었다.

그 공문을 보자마자 가고 싶다는 욕망이 솟구쳤다. 하지만 공무원 햇병아리라 상사나 동료들 눈치를 봐야했다. 이제 들어온 초년생이 해외 간다고 설치는 게 얼마나 얄미울 지 입장 바꿔 생각해도 불 보듯 뻔했다. '개념 없는 신참'이라고 낙인찍힐 거라 생각을 하니 도전하기 망설여졌다. 하지만 놓치고 싶지 않은 기회임이 분명했다. 선발 시험에 응시하기로 마음먹었다. 선발되려면 서울대학교에 가서 텝스 시험을 치러야 했다. 공무원 시험 합격 후 집어던진 영어책을 다시 들었다. 오랜만에 목표를 가지고 밤늦게까지 매달렸다. 공무원이 되고 나서 느껴보는 또 다른 도전이었다. 과정도 즐거웠고 결과도 좋았다.

시험에 통과해서 경기도 여러 시군에서 뽑힌 20여명의 직원들과 함께 호주로 떠났다. 한 달 동안 호주 브리즈번에서 다른 외국인 친구와 함께 홈스테이를 했다. 주중에는 학교에서 영어수업을 받았다. 한국인뿐 아니라 일본, 대만, 인도, 이란 등 다양한 나라에서 온 친구들이 섞여 있었다. 여러 나라에서 온 사람들과 영어로 의사소통을 하며 '영어'가 세계 공용어임을 체험했다. 함께 시내를 돌아다니고 해변가를 거닐었다. 또 주말마다 우리 한국인 일행은 시드니, 멜버른 등 유명 관광지를 여행했다.

낯선 곳에서 생활을 하면 현실을 떠나 자신을 온전히 챙겨볼 수 있는 시간을 가질 수 있다. 낯선 상황에서는 현재의 나이, 직업 등은 전혀 상관이 없다. 온전히 나와 만나는 시간이다. 또한 내 삶에 새로운 자극과 여행이 주는 기쁨을 가득 채울 수 있다. 무엇보다 사람과 사람이 귀한 인연으로 연결된다. 친구가 되는 것에 국적이나 언어는 상관없었다.

여행을 통해 깨달은 점은, 많이 보고 배울수록 많이 얻는다는 사실이다. 안목을 넓히려면 여행만큼 좋은 것이 없다. 다양한 경험을 하면서 삶의 지혜를 얻을 수 있고 앞으로 험한 세상을 헤쳐 나갈 용기도 생긴다. 자칫하면 무미건조하고 단조로울 수 있는 삶에 신선한 자극을 제공한다. 새로운 일에 도전하고 경험을 통해 성장을 계속할 수 있다.

안성시는 매년 바우덕이 축제를 개최한다. 축제기간 동안 남사당 풍물놀이 뿐 아니라 해외공연단을 초청하여 다채로운 볼거리 즐길 거리를 마련한다.

올해는 해외 공연단 공연으로 필리핀에서 30여명의 단원들이 방문하기로 되어 있었다. 그 즈음 나에게 필리핀 공연단 통역 및 인솔 제안이 들어왔다. 처음에는 그토록 원하던 기회였지만 또 세 아이 엄마라는 현실과 오랫동안 영어를 멈춘 나의 보잘 것 없는 실력이 마음에 걸렸다. 정중히 거절했다. 하지만 미련이 강하게 남았다. 기회를 놓치기 싫었다. 이것저것 따지지 않고 그냥 다시 하기로 마음을 바꿨다.

일주일 축제기간 동안 남편과 시부모님 그리고 아이들이 고생했다. 아침 일찍 나가서 밤늦게 집에 들어갔다. 공연단이 한국에 도착하던 날, 큰직한 환영 현수막을 준비해 인천공항에 마중 나갔다. 비행기가 밤에 도착해 나는 그날 집에 새벽에 들어갔다.

매일 강행군으로 몸은 힘들었지만 보람 있었고 즐거웠다. 필리핀 사람들과도 친해졌다. 대학생 때 필리핀 마닐라의 현지인 집에서 두 달 동안 살았던 이야기를 하며 더 가까워졌다. '따호' 라는 필리핀 현지 음식이 생각난다고 말하자 내게 꼭 다시 필리핀에 놀러오라고 말했다. 그동안 꾸준히 영어공부를 하고 있었지만 언제 쓸 수 있을지 몰라 회의감이 들곤 했다. 통역일 이후 확실한 동기부여가 되어 매일 조금씩이라고 영어공부를 하고 있다. 공직 생활 내내 이야기 할 수 있는 추억이 많이 생겼다. 우리는 페이스 북 친구가 되었고 지금도 자주 안부를 주고받는다.

경험은 수많은 기회들을 감추고 있는 보물 상자다. 다양한 경험을 하면 인생을 진지하게 고민할 기회를 얻는다. 어떤 기회를 통해서는 인생이 바뀌기도 한다. 세상에서 가장 소중한 가치는 자신을 뛰어넘을 수 있는 기회를 자신에게 주는 것이다. 그러한 기회를 주는 삶은 도전하는 삶이다. 도전에 따른 경험이 삶에 기회를 제공한다. 도전은 어차피 남는 장사다. 성공하면 두말 할 것도 없이 좋은 것이고 실패해도 그 실패 속에서 조금 더 현명해 질 것이며, 그 다음 도전에서는 성공 할 가능성은 커진다. 그러니 머뭇거리지 말고 도전해 보자. 성공하면 행복해지고 실패하면 현명해 진다.

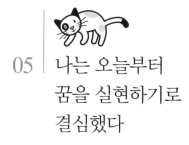

05 | 나는 오늘부터 꿈을 실현하기로 결심했다

'지금 아이들이 너무 어려서 좀 더 키우고 해야지.'

'나중에 조금 삶의 여유가 생기면 하지 뭐.'

'퇴직하고 나서 노후 대책으로 시작하면 될 것 같은데…'

보통은 현실에 묻혀 꿈을 잊고 산다. 운이 좋아 꿈을 찾더라도 당장 결심하고 행동으로 옮기기는 어렵다. 눈앞의 현실은 보이지 않는 꿈보다 강력하다. 더 나은 미래를 꿈꾸면서도 오늘 미래를 위해 투자할 생각은 하지 못한다. 꿈은 꿀 수 있고 꿀 수 있는 꿈이라면 이룰 수도 있다. 꿈이 강력하다면 미래는 달라진다. 하지만 대부분 오늘을 살기에 급급해서 꿈꾸는 것도 사치처럼 여기며 산다. 안타까운 것은 그 사이에 인생만 흘러가는 것이 아니라 꿈 자체를 잃어버리고 살아가게 된다.

　글을 쓰면서 일기장에 혼자 적던 생각이 세상 밖으로 나왔다. 블로그 덕분이다. 일기장에 편하고 두루뭉술하게 적었던 생각이 틀을 갖추었다. 한 명이라도 내 글을 읽을 수 있다는 책임감에 정확한 단어와 문장, 명확한 문체를 찾아 썼다. 긴장감은 성장의 채찍질이 되었다. 글에 대한 즉각적인 피드백을 통해 소통을 이어갔다. 가끔은 글쓰기 방향을 함께 조율해 나가기도 했다.

　얼굴 한 번 본 적 없는 많은 블로그 이웃들이 꿈길에서 벗어나지 않도록 끊임없는 응원과 지지를 보냈다. 글로 소통하는 사이지만 현실 속에서 얼굴만 알고 지내는 사람에게서 느끼지 못했던 끈끈한 정을 느꼈다. 블로그 글을 쓰면서 있는 그대로의 삶을 보여주며 나도 전혀 특별할 것 없는 평범한 사람이라고 알려주었다. 하루에도 여러 번 현실과 꿈 사이를 갈팡질팡 오가는 세 아이 엄마라고. 또 마음 속 꿈을 향해 어떻게 씨앗을 뿌렸는지 그리고 그 꿈에 어떻게 다가가고 있는지 실시간 중계를 하듯이 보여주었다. 블로그의 글들은 꿈길에서 휘청거리는 나를 붙잡아 주는 버팀목이다.

　이번 새해의 일이다. 누구라도 새로운 각오로 오늘부터 새로 시작할 수 있지만 같은 날이라도 1월 1일은 의미가 크다. 오늘부터, 이번 주, 이번 달 부터를 한꺼번에 결심하기 의미가 큰 날이다. 새해 첫날, 올해 이루고 싶은 꿈을 쓰려고 일기장을 펼쳤다. 희한하게 쓸 게 없었다. 생각해보니 지금까지 해 오던 것들을 꾸준히 해 나가는 게 내 삶의 목표이자 꿈이었다. 작년에도 해 왔고 올 해도 이어가고 싶은 꿈에 대해 생각해 보았다.

평소 책을 읽고 글을 쓰면서 삶의 위안을 느꼈다. 삶이 어떻게 해 볼 수 없는 방향으로 흘러갈 때 책을 읽고 글을 쓰면서 위로를 얻고 대처방법을 찾았다. 책읽기와 글쓰기는 한 마디로 내 삶의 안전지대였다. 인생의 풍파 속에서도 흔들리지 않고 내 삶을 지켜낼 수 있는 공간이었다. 아무리 힘들어도 이걸 글로 쓸 수 있다고 생각하면 괜찮아졌다. 하지만 전에는 내 글은 일기장에만 담겼고 내가 읽은 책은 그냥 나 혼자 읽고 끝났다.

이제는 읽은 책을 글에 녹이고 생각과 느낌을 담아 세상 밖으로 내보이고 싶다. 한 사람의 삶이 책이 되는 과정을 블로그를 통해 많은 사람들과 이야기 나누고 싶다.

책을 쓰기 전에는 블로그란 맛 집을 검색하는 데나 쓰는 줄 알았다. 블로그 세상이 이렇게 무궁한지 내가 해 보기 전에는 미처 몰랐다. 처음 블로그를 시작한 의도는 불순했다. 책이 나오기 전에 작가의 필수품이라고 했다. 출판사에서 책을 홍보해 주는 시대는 지났고 블로그, 페이스북, 인스타그램 등 할 수 있는 모든 채널을 동원해 작가가 직접 책을 홍보해야 한다고 했다. 다 시도해 보았다. 페이스북이나 인스타그램을 통해 소통하기는 어려웠다. 홍보하기 좋을지 몰라도 소통을 중요하게 생각하게 내게 맞는 건 블로그였다. 블로그만 남기고 다른 SNS는 정리했다.

처음에는 잘은 모르지만 책이 나오기 전에 블로그를 만들어야 하나 보다 하고 블로그를 만들었다. 컴퓨터와 별로 친하지 않던 나였다. 아직도 컴퓨터에 자판을 두들기며 글을 쓰기보다 일기장에 펜으로 끄적이는 게 더 편하다. 그런 내게 블로그는 완전히 새로운 도전이었다. 지금은 블로그를 통해 소통하는 일이 즐겁다. 하루라도 접속하지 않으면 블로그 세상 속에서 벌어지고 있을 일들이 궁금하다.

블로그를 하면서 좀 더 적극적으로 책을 읽고 글을 쓰는 습관이 생겼다. 예전에는 그냥 책을 읽고만 끝났다. 책을 읽는 동안 마음은 뿌듯했지만 시간이 흐르면 남는 게 별로 없었다. 책을 다 읽고 난 후 블로그에 독후감을 쓴다. 독후감을 써야 하니 지금은 책을 읽는 동안도 더 적극적인 독서를 하게 된다. 동그라미로 표시하고 밑줄을 쳤다. 어쩜 나하고 생각이 저렇게 똑같을까 하는 부분, 그리고 내가 한 번도 생각해 보지 못한 기발한 생각에 감탄을 하며 책 귀를 접었다. 떠오르는 생각은 책의 여백에 바로 바로 메모도 했다. 독후감을 쓰는 동안 책 내용을 한 번 더 정리하면서 내 생각을 만들어갔다.

얼마 전, 조남주 작가의 《82년생 김지영》을 읽었다. 나는 82년생임에도 불구하고 이 책을 읽고 공감보다는 불편함이 앞섰다고 독후감에 적었다. 수많은 댓글이 공감 또는 반격을 표했다. 같은 책을 읽고 같은 느낌 또는 다른 생각을 함께 나 눌 수 있음은 감사한 일이다.

블로그에 독후감을 게시한 날은 하루 종일 설렌다. 내 글을 읽는 이웃들의 생각을 댓글을 통해 엿 볼 수 있다. 아직 책을 읽지 않았지만 내 독후감을 읽으니 꼭 읽고 싶다는 글, 이미 읽었는데 어떤 점을 느끼고 생각 했는지 진솔한 글이 댓글로 달린다. 그 댓글에 답글을 달면서 생각과 느낌을 교류한다. 사람들과 마음을 나누고 인연을 맺을 수 있음은 큰 행복이다.

또 감사 일기를 빼 놓을 수 없다. 지금은 매일 쓰지 못 하지만 거의 1년 가까이 하루도 빼놓지 않고 감사 일기를 썼다. 약간 우울한 마음이 들 때도 감사 일기를 쓰다보면 그냥 살아가는 삶 자체에 감사하게 되는 경험을 많이 했다. 감사 일기를 쓰면서 인생에 일어난 몇 안 되는 나쁜 일보다 수도 없이 많이 일어나는 좋은 일에 집중하는 법을 배웠다. 새벽마다 감사 일기 쓰면서 감사로 가득 채우며 아침을 맞는 일 참으로 감사한 일이다.

꿈을 꾸는 것보다 꿈을 실현하는 일은 더 힘들고 어렵다. 너무 거창할 필요는 없다. 거창한 목표를 세웠다가 아무것도 하지 않는 것보다 작은 목표라도 조금씩 하는 게 낫다. 내 새해 목표는 어쩌면 소박하다. 지금 하고 있는 일들을 꾸준히 하면 된다. 그 꾸준함이 결국 내 꿈을 실현시켜 주리라 믿는다.

꼭 명심해야 할 점은 가족이 제일 소중하고 직장도 소홀히 하면 안 된다는 점이다. 어느 것 하나 소홀할 수 없다. 삶의 균형과 조화 속에서 꿈을 실현하는 일이 중요하다. 내 꿈을 실현하겠다고 나머지 삶을 엉망진창으로 만드는 어리석음을 범하지 말았으면 한다. 내가 직접 겪어보니 소중한 사람에게 상처 주며 실현된 꿈은 행복하지 못하다.

꿈의 씨앗이 뿌려졌다고 꿈이 당장 실현되지는 않는다. 오늘 하루 열심히 노력했다고 해서 인생이 확 달라지지도 않는다. 하지만 그런 하루가 모여 일주일이 되고, 한 달이 되면서 조금씩 달라진다. 그리고 끝내 꿈은 실현된다.

삶이 바쁘다고 일상에 굴복하면 아무런 동기부여나 자극 없이 산다. 우물 안 개구리와 다르지 않다. 기회는 준비된 자만이 잡을 수 있다. 하루하루 준비하면서 기다리면 매력적인 기회가 찾아온다. 씨앗을 뿌리는 것과 같다. 씨앗을 뿌리 듯 자신에게 많은 기회를 주면 기회는 또 다른 기회를 불러온다. 어느 순간, 삶의 구석구석에서 내가 뿌려놓은 기회의 씨앗들이 싹을 틔우고 나에게 생각지 못한 기쁨을 가져다준다.

세상에는 세 종류의 사람이 있다. 꿈조차 없는 사람, 꿈만 꾸는 사람, 그리고 꿈을 실현시키는 사람이다. 예전에는 희미한 꿈을 마음속에만 간직했지만 이제는 명확한 꿈이 이끄는 삶을 살고 있다. 구체적이고 명확한 목표에 열정과 노력을 더하면 꿈은 반드시 실현된다. 꿈을 이루기 위해서는 분명 꿈을 실현하기로 결심한 날이 있어야 한다. '언젠가'가 아니라 '오늘'부터 꿈을 실현하기로 결심하자.

06 | 삶은 꿈꾸는 만큼 성장한다

얼마 전 우리 부부 사이에 사건 하나가 있었다. 그 일을 두고 일기장에 이렇게 적었다.

'같은 사건을 두고 우리는 각각 다른 생각을 품었다. 그 하나의 사건은 우리 두 사람 모두에게 상처를 입혔다.'

우리는 그렇게 상처를 주고받았다. 그럼에도 불구하고 이 또한 감사하다. 꿈조차 꾸지 않았다면, 그래서 시도조차 하지 않았다면 상처받지 않았을 테지만 그러면 '성장'도 없었을 것이다.

사건은 머릿속의 생각을 구체적으로 표현하는 과정인 보고서 작성에서 시작했다. 사무실의 아이디어 창안대회에 제출할 보고서를 작성해야 했다. 여기에 내 생각을 담기로 결심 했다. 며칠을 끙끙댔지만 보고서 쓸 일이 별로 없던 나는 머릿속에 떠다니는 생각을 한 장의 보고

서에 담기가 어려웠다.

평소 보고서를 자주 쓰는 남편에게 일차로 작성한 보고서를 메일로 보냈다. 멋지게 수정해 줄 것을 기대했다. 남편이니까 사랑하는 아내의 보고서를 흔쾌히 고쳐줄 줄 알았다.

"어디를 어떻게 손 봐야 할지 모르겠는데 당신이 쓴 거 그냥 내라."

어이가 없었다. 한참 동안 아무 말도 안하고 서운해 하다가 한 마디 쏘아붙였다.

"나는 내가 잘 하는 분야에서 배우자가 어려워하면 기꺼이 도와주겠다. 진짜 너무 하네. 됐어. 내가 알아서 할 테니까 신경 꺼!"

하루 종일 마음이 불편하고 짜증났다. 그 다음 날 남편이 야근 한다고 했다. 내 보고서 때문인가 하는 마음이 들었지만 기대하지 않기로 했다. 남편은 밤늦게 들어왔다. 정말 내 보고서 때문에 야근을 한 것이다. 우리 둘 사이에 뭔가 모를 찜찜함이 맴돌았다. 내 불만을 듣고, 싫은데 억지로 꾸역꾸역 해치운 느낌이 들었다. 물론, 남편의 작품은 내가 만든 보고서와는 비교도 안 될 정도로 완성도가 높았다.

보고서를 받아들고 내 기분은 더 우울하고 복잡해졌다. 이대로 시간이 지나면 안 되겠다 싶어 어렵게 먼저 말문을 열었다. "한다고는 했으나 내 실력은 여기까지다. 민원 부서에 주로 근무하던 내가 보고서 쓸 일이 없었다. 이런 내가 꽂히는 보고서를 쓰는 데 한 달이 걸릴지도 모른다. 잘 하는 사람이 하루 만에 좀 도와주면 되지 않느냐. 내가 한 달을 잡고 있는 건 비효율적이다."

남편은 내 말이 끝나자 바로 날선 말로 맞받아쳤다. "당신 보고서는 반나절 고민하고 쓴 것이다. 딱 보면 안다. 잠깐 고민하다 던져주고 나한테 다 하라고 하니까 상당히 기분이 나빴다. 나도 내 시간이 소중한 사람이다. 당신이 당신 시간만 소중하게 생각해서 아이디어만 제공하고 남는 시간은 글 쓰고 책 읽고 할 테니까 나는 내 시간 쪼개서 멋진 보고서 만들어오라는 거 밖에 안 되지 않느냐. 어느 정도 정성과 노력을 보일 때 도와주고 싶은 마음이 생기지 이건 아니다."

순간 뒤통수를 한 대 얻어맞은 느낌이었다. 평소 말수가 없고 주로 듣기만 하는 남편이 반박할 수 없는 사실만을 어쩜 저렇게 콕 찍어서 말하는지 놀라웠다. 내 마음을 정확하게 파헤치니 뜨끔했다. 뭔가를 몰래 훔쳐 먹다 들킨 마음이었다. 그의 능력을 훔치려 한 것이 사실이었다. 그래서 더욱 기분이 안 좋았다. 우리는 그 대화 후에도 한 동안 말이 없이 지냈다. 며칠 동안 냉랭한 기운이 감돌았다.

시간이 흐른 후 우리는 상대방의 입장에서 그 사건을 바라보게 되었다. 서로가 더 신경을 썼고 더 배려했다. 암묵적 화해가 성사되었고 우리 부부의 애정 전선에는 아무런 이상 조짐이 보이지 않았다.

공무원은 문서로 말해야 하는 데 언제까지 피하기만 할 거냐는 그의 쓴 소리에 다시 보고서 작성에 대한 강연과 책을 찾아보았다. 실력을 키우기 위해 실제 보고서 작성도 많이 해 봐야겠다는 결심도 했다.

사건이 일어난 그 순간에는 감정이 상했지만 시간이 흐를수록 이 모든 과정 안에서 성장 할 수 있음에 감사했다.

생각의 파편들을 글에 담아 블로그라는 매개체에 붙잡아 두었다. 블로그는 내가 생각했던 것보다 훨씬 위대한 힘을 지닌 살아있는 생물과도 같았다. 생각만 붙잡아 두는 게 아니라 내가 올린 글로 이웃과 소통했다. 위 사건을 글로 적었다. '다 맞는 말인데 정말 얄미운 남편' 이라는 제목을 붙여 블로그에 올렸다. 댓글이 많이 달렸다. 그 중에 내가 글을 쓴 의도와 반대의 댓글이 많았다. 남편이 멋지다는 글이 의외로 많았다. 내 편은 없었다. 다들 남편이 멋지단다. 그래도 기분은 좋았다.

기분 나쁘게 끝날 수 있었던 내 삶의 사건 하나가 이렇게 글이 되어 많은 이들에게 재미와 감동을 선사했다. 삶이 블로그 글에 담겨지면 마음과 마음이 연결된다. 마음을 나누는 삶 속에서 성장하고 내 꿈에 조금씩 가까이 다가간다. 나 또한 이웃 블로그에 방문하여 그들이 올린 글을 읽고 마음을 나눈다. 내 생각, 내가 꿈꾸는 삶을 담아둘 수 있는 나만의 공간이 있어서 좋다. 꿈이 명확해 질수록 블로그 색깔도 선명해진다. 늘 말뿐인 사람이 되지 않으려고 노력한다. 내가 말한 꿈에 대해 책임지고 그 꿈에 한발 짝 다가가려고 애쓴다. 그에 따른 행복한 결과물을 보여주기 위해 애쓰는 삶 속에서 성장하고 있다.

'행복메신저의 꿈 충전소'라는 블로그 간판을 내걸고 '행복한 꿈쟁이 작가'라는 아이디로 활동하고 있다. 이 공간에서 이웃들과 서로의 꿈을 응원해 준다. 꿈이 이루어지는 과정이 블로그 포스팅을 통해 생중계되는 느낌도 좋다. 꿈을 이루는 과정 속에서 넘어지면 함께 위로하며 손을 잡아주는 블로그 이웃들과 함께하는 삶이 기쁘다.

지금까지 이런 일들은 현실 속에서나 가능한 줄 알았던 우물 안 개구리였다. 눈앞에 보이는 하늘만 볼 수 있는 우물에서 뛰어 나와 세상을 더 탐독하는 일은 살아가는 데 꼭 필요한 일이다. 꿈을 꾸면서 알게된 편리한 도구와 공간 속에서 다른 사람과 소통하고 있다.

"우물 안의 개구리들에게 바다에 대해서 말할 수 없는 이유는 그들은 자신이 사는 곳밖에 모르기 때문이다. 여름철 한때 번성했다 사라지는 벌레들은 그들이 사는 계절만을 알고 있다."라는 우화가 있다. 사람은 자신이 아는 세계가 세상의 전부라고 생각한다. 우물 안에서 살아가는 사람은 꿈을 꿀 수도 성장할 수도 없다. 나도 마찬가지였다. 눈앞에 닥친 일만 삶의 전부라 생각하고 살았다.

책을 통해 꿈을 꾸고 그 꿈을 삶 속에 담아내고 있다. 꿈이 없는 사람은 성장할 수 없다. 항상 이 정도면 괜찮겠지 하면서 자신의 더 큰 능력이 발휘되기도 전에 멈춰버린다. 아직 펼치지 않은 잠재력은 무한한데 스스로 현실에 만족하거나 자신의 한계를 지으며 거기에 맞춰서 행동하기 때문에 꿈은 갈 곳을 찾지 못하고 사라져버린다.

지금보다 더 특별한 삶을 살아가고 싶다면 원대한 큰 꿈을 가져보자. 익숙해진 일상의 틀을 부수고 나와 꿈을 향해 새로운 도전을 시작해 보자. 우리가 생각하는 것보다 꿈의 힘은 더 강력하다. 지금 비록 보잘 것 없는 존재로 느껴지더라도 지금과 같은 모습으로 살아가야 한다는 법은 없다. 꿈의 힘으로 더 나은 인생을 살아갈 수 있다. 현실보다 더 크고 원대한 꿈을 꾸자. 삶은 꿈꾸는 만큼 성장한다.

07 | 모든 성공은
서른과 마흔 사이에
완성된다

일본의 젊은 직장인들이 가장 존경하는 멘토 중 한명인 오구라 히로시는 저서 《서른과 마흔 사이》에서 인생의 가장 중요한 시기를 '서른과 마흔까지의 10년'이라고 말한다. '서른과 마흔까지의 10년을 어떻게 보내느냐'에 따라 그 후의 모든 인생이 결정된다고 강조한다. 배움의 시절인 10대와 20대를 거쳐 사회생활을 시작하여 사회에서 어느 정도 자리를 잡아가는 시기이기도 한 인생 후반기를 결정할 중요한 시기로 서른과 마흔 사이를 들고 있다.

내 경험을 봐도 10대를 거쳐 20대까지는 배움의 시기다. 10대는 원하는 대학 진학이 목표였다. 20대 때는 대학을 졸업하고 원하는 직업을 얻으려 공부했다. 20대 후반에 직장생활을 시작했다. 스물여섯 살에 공무원에 임용 되었고 올해 공무원으로 임용된 지 10년이다. 그 동안 나보다 더 많은 경험과 지식을 갖고 있는 선배들에게 배우며 조직 생활을 열심히 했다.

처음 임용되고 발령받은 곳이 면사무소 민원 팀이었다. 민원인의 전화를 받는 것조차 어색해 하며 처음에 "여보세요?"라고 응대를 하다 선배 공무원에게 야단을 맞았던 기억이 난다. 그 날 집에 가서 "안녕하세요! 삼죽면사무소 이송이입니다."를 얼마나 많이 연습했는지 모른다. 또 내가 잘못 하지도 않았는데 소리 지르거나 화내는 민원인에게 속수무책으로 당하며 항상 선배에게 불쌍한 눈빛을 보냈다. 깨지고 배우면서 사회 초년생의 시절을 보냈다. 20대 때는 신참이라는 특권으로 이 같은 실수와 착오들도 너그럽게 용서되었던 것 같다.

임용장 받은 첫 날, 마을회관에 돗자리 펴고 앉아 보신탕을 먹을 때 느꼈던 신선한 당혹감, 마을 이장단과 야유회 가던 길 버스 안에서 누군가에게 끌려 나와 어정쩡한 춤을 추다 버스가 급정거 하는 바람에 넘어져서 갈비뼈에 금이 갔던 기억. 그 때는 정말 이런 생활을 하려고 힘들게 공무원 준비를 했나하는 회의감마저 들었지만 이제는 추억이다.

스물아홉 살 되던 해, 결혼을 하고 가정을 꾸렸다. 그리고 세 명의 아이도 낳았다. 10년차 공무원이 되는 사이 그 어떤 까다로운 민원인에게도 휘둘리지 않는 베테랑이 되었고 '세 아이의 엄마' 라는 그 무엇과도 바꿀 수 없는 귀한 직함도 얻었다.

흔히들 인생에서 가장 중요한 시기는 20대라고 한다. 20대 때 얼마나 치열하고 열심히 살았느냐에 따라 직업이 결정되고 그 직업에 따라 인생의 성공여부를 판단하기 때문이다. 하지만 20대는 조금 더 큰 세계로 나아가기 위해 준비하는 시기다. 20대 때 남보다 공부를 더 잘해서 대기업에 취업을 했던, 경제적 여유가 있어 해외 유학을 갔던 이런 차이로 나머지 인생이 결정되지는 않는다. 20대에는 제아무리 빨라봤자, 또래보다 3년에서 4년 정도 앞설 뿐이다. 30대에 들어서면 이야기가 달라진다. 30대의 10년이라는 시간을 어떻게 보내느냐에 따라 남은 인생의 모든 것이 결정된다.

서른다섯 살이 되는 동안 세 명의 아이를 낳아 키웠다. 인생에서 가장 큰 일을 해냈다. 30대의 중반까지 한 일 중 가장 귀하고 가치 있는 일이다. 세 명의 아이가 내 삶에 찾아와줘서 항상 감사하고 행복하다. 아이들과 함께 성장하는 삶을 살 것이다. 내 삶이 어느 정도 안정된 지금 30대의 후반전을 멋지게 꾸려보려고 한다. 지금까지 가족과 아이들이 중심이 된 삶 속에서 나는 없었다. 정말 숨 가쁘게 달려왔다. 숨 가쁜 삶 속에서 '나' 를 돌보는 건 사치였다. 이제 숨을 한번 고르고 삶의 중심에 나를 한번 세워 보려고 한다. 모든 운동 경기에도 하프타임이 있듯이 아마도 지금이 내 인생의 하프타임인 것 같다.

미국에서 크게 성공한 케이블 회사 사장이며 리더십 네트워크의 창시자인 밥 버포느는 저서《하프타임》에서 다음과 같이 말했다.

"전반부에서는 너무나 많은 것에 주의를 빼앗기기 때문에 삶에서 가장 중요한 것에 집중하지 못한다. 하프타임을 갖는 이유는 삶의 답을 찾지 못한 채 더 이상 무작정 달리고 싶지 않기 때문이다. 미세한 속삼임이 마침내 내 주의를 사로잡고, 그 목소리에 대답하지 않으면 다시는 경기장으로 돌아갈 수 없음을 나는 깨닫는다."

이번 인사발령으로 업무가 바뀌었다. 처음에는 중요한 업무에 대한 부담감에 그 자리를 피하려고 했다. 비록 8급이기는 하지만 공직 10년차다. 10년차에 민원 발급 대에 앉아있는 게 안 맞는 옷을 입고 있는 느낌이었다. 하지만 세 아이를 키우며 직장 생활하는 내가 택할 수 있는 몇 안 되는 선택 중 하나였다. 근무시간에만 바쁜 발급 부서는 애 키우며 직장 생활하는 아이 엄마들이 모두 선호하는 자리다.

모든 일에는 장단점이 있다. 민원 발급 업무는 업무 시간에만 바쁘고 그걸로 끝이다. 일과가 끝나면 남아있는 스트레스가 없다. 하지만 스트레스가 없다는 말은 성장할 기회도 없다는 뜻이다. 다양한 민원인들을 상대하는 동안 마음은 단단해 질지언정 업무에서 성장할 기회는 적다.

새로 맡은 업무는 공부해야 할 법령집도 많고 소송 중인 사건들도 있다. 신경 쓸 일도 많고 업무 부담감도 있다. 그래도 스스로 공부하면서 업무를 처리하는 동안 성장이 기대된다. 웃고 싶지 않아도 웃어야 하고 말하고 싶지 않아도 말해야 하는 감정노동에서 벗어난 것도 좋다.

모든 일에는 때가 있다. 경력과 연륜에 따라 해야 하는 일, 할 수 있는 일이 따로 있다. 그 때는 민원 발급 업무가 최선이었고 지금은 이 업무가 내게 딱 맞는 것이다. 앞으로 펼쳐질 내 인생 후반전이 기대된다.

서른과 마흔 사이에 찾아온 인생 하프타임을 헛되이 흘려보내기 싫다. 지금까지 내 인생에 박수를 보내며 남은 인생에 대한 새로운 전략을 짤 것이다. 나의 가치를 높이고 특별한 삶을 살려면 어떻게 해야 하는지에 대한 전략을 새롭게 세워야 한다. 하프타임에 새로운 전략을 짜지 않으면 열심히 살기는 하는데 공허한 느낌을 지울 수 없는 삶을 계속해서 살게 될 것이다.

현실은 우리가 꿈을 찾고 이루도록 놔두지 않는다. 일상의 삶과 바꾼 월급에 만족하고 현실에 안주하게 한다. 현실과 타협하는 삶을 살면 꿈은 멀리 가 버리고 변화가 두려운 익숙함에 파묻힌다. 본격적인 인생의 진검승부가 펼쳐지는 이 황금기를 황금기인지 조차 모르고 무의미하게 보내버린다. 30대를 별 생각 없이 지나쳐 버린 사람들에겐 그 어떤 기회도 찾아오지 않는다.

꿈과 목표를 구체적이고 명확하게 세팅하고, 그 꿈과 목표를 향해 새로운 열정과 에너지를 쏟아 부어야 하는 시절이 30대다. 시간을 허투루 사용하지 않고 평범해지기를 거부하면서 특별한 삶을 향해 끊임없이 질주해야 하는 시기가 바로 서른과 마흔 사이다.

지금 서른과 마흔 사이에서 구체적이고 명확한 꿈을 향해 한 걸음 한 걸음 내 딛고 있다. 이 발걸음이 결국 나를 눈부신 미래로 데려다 줄 것이라고 믿는다. 서른과 마흔 사이를 어떻게 보내느냐에 따라 삶의 격차는 벌어지고 전체 인생의 밑그림과 청사진이 송두리째 달라진다.

모든 성공은 서른과 마흔 사이에 완성된다. 30대의 10년이라는 시간을 어떻게 보내느냐에 따라 남은 인생의 모든 것이 결정된다. 30대에 꿈을 기반으로 인생 전략을 새롭게 짜고 인생 후반전을 멋진 승리로 이끌기 위해 끊임없이 노력해야 한다.

인생의 전체가 결정되는 서른과 마흔 사이에서 지금 당장 특별한 삶을 살기로 결심하자. 인생의 황금기인 서른과 마흔 사이에 일과 삶의 모든 승부수를 띄우고 반드시 승리해야 한다. 이 시기의 중요성을 깨닫고 이 시기에 인생의 모든 진검승부를 펼쳐야 한다. 그래야 비로소 40대 이후 참된 성공을 거머쥐고 활짝 웃을 수 있다.

08 | 꿈꾸는 대로 미래가
창조된다

"이젠 올 수도 없고 갈 수도 없는 힘들었던 나의 시절 나의 20대.
멈추지 말고 쓰러지지 말고 앞만 보고 달려 너의 길을 가. 주변에서 하
는 수많은 이야기 그러나 정말 들어야 하는 건 내 마음속 작은 이야기.
지금 바로 내 마음속에서 말하는 대로."

MBC 무한도전 가요제에서 유재석과 이적이 부른 노래 '말하는 대
로'다. 이 노래는 국민 MC로 자리 잡기까지 암울한 20대를 보냈던 유
재석의 진솔한 경험과 꿈에 대한 깨달음을 담아 수많은 사람들의 가슴
을 울렸다. 이 노래처럼 꿈꾸기를 두려워하거나 꿈과 현실 사이에서
좌절감을 겪는 사람들이 많다.

나는 어렸을 때부터 달리기를 잘했다. 초등학교 때 육상선수로 뽑

혔다. 도 체전 준비를 위해 읍내에 있는 중학교에 가서 훈련을 받았다. 그 때 나는 체육선생님을 많이 좋아했다. 선생님과 함께 찍은 사진을 지금도 간직하고 있다. 그것도 육상을 계속하게 하는 하나의 원동력이었다. 처음에는 큰 기대 없이 시작을 했는데 육상대회에 나가서 곧잘 상도 받았다. 한 중학교 배구부 감독에게 배구선수 제안도 받았다.

그 쯤 되자 어린 마음이었지만 계속 체육을 할 것인지 공부를 할 것인지 선택해야 한다고 생각했다. 체육인으로의 삶을 꿈꾸기에는 내 재능은 특출 나지 않았다. 그럴 것 까지는 없었는데 지금까지 받은 상장을 모두 찢었다. 의지의 표명이었던 것 같다. 그 길로 육상을 그만두었다. 학업에 매진했다. 지금도 모든 운동을 좋아한다. 하지만 운동을 꿈으로 삼지 않은 건 잘한 일이라고 생각한다.

나 또한 꿈과 현실 사이에서 현실을 택하고 살아왔다. 정해진 레일 밖으로 나가는 일이 별로 없었다. 예상 가능한 답변대로 살아왔다. 최근에 꿈이 꿈틀거리기 시작했다. 꿈이 생기고 꿈을 꾸자 이전에는 생각해 보지 못한 미래가 머릿속에 그려졌다. 더 이상 어제와 다르지 않는 오늘이 아니다. 매일이 기대되는 가슴 뛰는 삶이다. 하고 싶은 일이 너무 많아 알람이 울리기도 전에 눈을 뜬다. 무엇보다 마음껏 꿈꾸면서 내일이 기대되는 삶을 살고 있다. 지금은 꿈을 꾸기 시작했고 꿈대로 삶을 디자인하고 있다.

꿈꾸는 미래를 창조하기 위해 가장 손쉬운 방법에 미래일기가 있다. 코미디언 조혜련은 미래일기를 쓰면서 인생이 바뀌었다고 한다. 그의 경험을 담아《미래일기》라는 책도 펴냈다. 오늘이나 어제 있었던 일을 기록하는 게 그냥 일기라면, 미래일기는 아직 펼쳐지지 않은 자신의 미래를 상상하며 미리 일기로 써 보는 것이다. 자신이 간절히 원하는 미래의 꿈이나 계획을 마치 현재에 이미 일어난 일처럼 과거형 문장으로, 날짜·시간·장소·감정까지 구체적이고도 생생하게 상상하며 글로 적어 나간다.

전문가들에 의하면, 미래일기는 추상적이고 구름 같은 꿈을 더욱 선명한 비전과 목표, 구체적인 계획으로 바꿔준다고 한다. 그처럼 궁극적인 목표치가 자신의 뇌 속에 각인됨으로써 현실의 장애와 시련 등 그 어떤 문제도 두려워하지 않고 이겨낼 수 있는 자신감과 지혜를 키워준다. 장애물 너머 바로 코앞에 바라던 성공과 행복이 있음을 명확히 알게 되기 때문이다.

다음은 내가 새벽에 적어 본 나의 미래일기다.

아무도 나의 시간을 방해하지 않는 새벽 4시, 바깥 풍경이 내다보이는 나만의 서재에서 책을 읽으며 하루를 시작했다. 새벽의 상쾌한 공기와 새들의 지저귐을 배경음악 삼아 새벽이 허락한 고요한 행복감에 도취되었다.

메일과 블로그를 통해 많은 사람들이 요청한 컨설팅 내용을 확인했다. 오늘 강연을 할 강의안을 확인하고 강연의 처음부터 끝까지를 생생하게 시각화 했다. 이렇게 크고 멋진 무대에 서는 건 처음이지만 리허설을 많이 해서 강연의 처음부터 끝까지가 완전 숙지된 상태다. 그래서 긴장이 안 된다.

오늘도 어김없이 삶을 감사하며 감사 일기를 쓰면서 하루를 시작했다. 그리고 감사 일기를 읽은 블로그 이웃들과 멋진 북 카페에서 감사 모임을 가졌다. 일주일에 한번 씩 모이는데 서로의 삶 속에 감사가 넘치는 경험을 공유하고 서로의 삶을 응원해 준다. 모이는 숫자가 점점 늘어나고 있다. 블로그를 통해 소식을 전해들은 이웃들이 함께 하고 싶다는 연락을 한다. 참으로 감사할 일이다.

이번에 쓴 책의 독자들 반응이 뜨겁다. 이번 달에 있을 북 콘서트가 기대된다. 내 책을 읽은 뮤지션들이 무대에 올라 직접 감명 깊게 읽은 구절을 읽어주고 느낀 점을 이야기한다. 그리고 낭독 중간 중간 내 글에 어울리는 음악도 연주한다. 내가 하고 싶고 잘 할 수 있는 일을 하며 삶을 음미하듯 살아가는 요즘, 정말 행복하고 감사하다.

지금 이 글을 쓰는 동안 내가 꿈꾸는 미래가 명확하게 이미지로 머릿속에 그려진다. 상상만으로도 행복하다. 얼굴에 미소가 번진다. 오랫동안 꿈을 그리는 사람은 그 꿈을 닮아간다고 했다. 내가 꾸는 이 꿈은 결코 꿈으로만 남아있지 않을 것이다.

무엇이 되고 싶다는 단어 형 꿈이 아니라 스토리 형으로 꿈꿔보자. '의사, 과학자, 검사, 가수' 처럼 단어 형 꿈이 아니라 나의 미래의 스토리를 담고 있는 꿈으로, 삶의 목적과 방향을 설정하고 5년, 10년, 15년, 20년, 30년 후에 달성해야 할 중간 목표들을 세우는 구체적인 꿈이다.

미래일기를 써보면 스토리 형 꿈을 꾸는 데 큰 도움이 된다. 꿈을 글에 담는 순간 생생한 이미지가 되어 떠오른다. 이렇게 이미지가 그려지는 꿈의 좋은 점은 무엇보다 꿈을 향해 나아가는 과정 속에서 충분히 행복감을 느낄 수 있고, 내 꿈의 모든 큰 그림이 이미 머릿속에 그려져 있기 때문에 각 과정을 밟아 나갈 때마다 어떻게 완벽히 해낼지를 머릿속에서 영화처럼 생생하게 그려볼 수도 있다는 것이다.

지금 어떤 꿈을 꾸느냐에 따라 미래의 모습이 달라진다. 사람이 꿈꿀 수 있는 것은 무엇이든 실현될 수도 있다. 한 번도 생각해 보지 않은 것이 현실이 될 수는 없다. 오늘 뿌려놓은 씨앗이 있어야 5년 후, 10년 후 열매를 맺게 된다.

꿈꾸는 대로 미래가 창조된다는 그 말을 의심하지 말고 믿어보자. 한 번도 생각해 보지도 않은 일이 현실 속에서 일어날 수는 없다. 꿈꿔보지 않은 미래가 우리 삶에 펼쳐질 리 없다. 꿈은 원하는 것은 무엇이든 가능하게 해 준다. 현재의 내 모습을 보면서 좌절하지 말고 마음에 미래를 품어보자. 꿈은 미래를 현재의 눈으로 보는 것이다. 꿈은 눈에 보이지는 않지만 우리 미래를 바꿀 만큼 커다란 힘을 가지고 있다. 꿈 꾸는 대로 미래가 창조된다.

PART

03

꿈을 내 편으로
만들어라

내가 정말 슈퍼우먼이 아닌 이상
모든 면에서 완벽할 순 없다. 빨리 성과를 이뤄내는
주위 사람들과 비교하며 나 자신을 더 다그쳤다. 비교는 양날의 칼이다.
현실에 안주하지 않도록 해주기도 하지만 가끔 독이 된다.
본인의 페이스를 잃고 일을 그르치게 만들기도 한다.
차라리 다른 사람과 비교하지 말고 어제의 나와 비교해야 한다.

01 | 꿈을 내 편으로 만들어라

처음에 잠들어있던 꿈을 깨우면 세상을 다 얻은 듯 한 행복감이 밀려온다. 꿈을 꾸며 그에 맞춰 삶이 조금씩 달라진다. 그러면서 현실주의자가 아닌 꿈쟁이로 살아가리라 굳은 결심도 한다.

자기계발서 마다 엄마의 꿈의 크기에 따라 아이의 꿈의 크기도 달라진다고 엄마가 꿈을 꿔야 하는 이유를 강력히 말한다. 하지만 현실은 엄마가 꿈을 꾸면 아이들에게 미안한 일이 한 두 가지가 아니다. 은유 작가의 《쓰기의 말들》에서 다음 문장을 만났다. 심장이 쿵 내려앉았다. 나만 이러는 건 아니라는 생각에 안도감이 들었다.

"'글 쓰는 나'와 '살림하는 나' 사이에서 갈등하다 글을 택하거나 번민하며 밥을 지었다."

어떤 날은 아이들을 방치한 죄책감을 느끼며 글을 쓰거나 또 어떤 날은 글 쓰고 싶은 욕망을 누르고 밥을 짓는 날들의 반복으로 삶을 채웠다. 꿈꾸는 엄마는 이기적일까? 아이들에게 올인 해야 하는데 그렇지 않은 엄마는 나쁜 엄마일까? 내가 꿈을 좇는 동안에도 분명 가족의 희생이 뒤따랐다. 무언가를 이루기 위해서는 시간과 노력이 필요하다. 노력하는 시간 동안 남편은 아내를, 아이들은 엄마를 내 꿈에 양보해야 했다.

7살 딸아이가 며칠 전부터 어린이집 준비물을 챙겨야 한다고 말했다. 글 쓰는 일에 정신을 집중하다 보니 제때 챙겨주지 못했다. 어린이집에서 돌아온 딸이 말했다. 속상함이 가득 담겨 있었다.

"엄마, 준비물 또 안 보냈어요. 잔뜩 기대하고 가방을 열었는데 준비물은 없고 물 밖에 없어서 실망했어요." 내가 조금 순화해서 말 한 거지 딸은 그날 물만 보내면 엄마 역할 다 한 거냐며 얼마나 호되게 쏘아붙였는지 모른다.

순간 정신이 아찔했다. 미래의 행복을 위해 오늘의 행복을 미루고 있다는 생각이 들었다. 행복하려고 하는 노력인데 이 과정에서 행복하지 못하다면 잘못된 것이라는 생각이 들었다. 앞만 보고 달리지 말고 가족들과 같이 가기로 마음먹었다. 꿈의 방향만 확실하다면 꿈을 향해 나아가는 속도를 조절하면 된다. 너무 자신을 다그치지 않기로 했다.

이번 학예 발표회 때 유치원 졸업반인 큰 딸 민아 반 친구들이 노래를 불렀다. 민아는 집에 와서 엄마에게 가사를 살짝 바꿔서 다시 노래를 불러 주었다. 그 날 나는 그 노래를 들으며 울었다. 그 동안 내 꿈을 이루겠다고 아이들에게 소홀했던 시간들이 생각나면서 아이들에게 미안한 마음뿐이었다.

사랑이 가득한 우리엄마

엄마는 뭐든지 해낼 수 있죠

수많은 꿈들이 가득했던

엄마의 이야기 들어보아요

엄마는 꿈꿨죠 많은 사람 행복하게 하는

멋진 작가가 되고 싶었죠

불빛 찬란한 무대 위 춤추고 노래하는

빛나는 강연가 되고 싶었죠

라라라 라라라~ 멋진 엄마의 꿈

하지만 우리엄마 되었죠

엄마 엄마 고마워요

하지만 우리 엄마 되었죠…눈물이 멈추지 않았다. 눈물로라도 미안한 마음을 씻어 내고 싶었나보다.

삶보다 강한 꿈은 없다. 세 아이 엄마로써의 삶이 먼저다. 그 삶과 조화롭지 못한 꿈은 결국 행복이 아닌 불행의 방향으로 흘러갈지 모른다. 처음에 꿈이 나를 찾아왔을 때는 열정과 에너지가 샘솟았다. 이렇게 찾아온 꿈이 지금 잡지 않으면 영원히 사그라지기라도 할 것처럼 완전 몰입했다. 당연히 아이들에게 소홀해졌다. 사람의 에너지는 한정되어 있다.

내가 정말 슈퍼우먼이 아닌 이상 모든 면에서 완벽할 순 없다. 빨리 성과를 이뤄내는 주위 사람들과 비교하며 나 자신을 더 다그쳤다. 비교는 양날의 칼이다. 현실에 안주하지 않도록 해주기도 하지만 가끔 독이 된다. 본인의 페이스를 잃고 일을 그르치게 만들기도 한다. 차라리 다른 사람과 비교하지 말고 어제의 나와 비교해야 한다.

'좋아하는 일은 추월당해도 상관없다'라는 글귀가 큰 위로가 되었다. 맞다. 책을 읽고 글을 쓰는 일은 내가 정말 좋아하는 일이다. 그런데 이 일을 하면서 괴로워하고 있다니 뭐가 잘못 되어도 크게 잘못되었다. 마음을 고쳐먹었다. 이렇게 글 쓰며 사는 삶 그 자체에 감사하게 되었다.

엄마가 책 다 썼다고 말하자 아이들이 제일 좋아한다. 딸아이가 함박웃음을 지으며 말했다.

"엄마, 진짜 책 다 썼어? 그럼 이제 우리랑 많이 놀아줄 수 있는 거야?"

행복은 멀리 있지 않다. 오늘 밤 당장 책을 보고 그림을 그리며 옆에서 좋알대는 우리 딸 말을 잘 들어줘야겠다. 조급한 마음으로 자신을 다그치며 혼자 달리지 말고 내 꿈을 이루는 모든 과정 속에서 아이들과 함께 하기로 마음먹었다. 하나만 선택해야 하는 것이 아니다. 조금 느리더라도 천천히 행복을 만끽하며 서서히 꿈을 내편으로 만들어 갈 수 있다. 가족은 눈물로 걷는 인생의 길목에서 가장 오래 가장 멀리까지 배웅해 주는 사람이라는 말이 있다. 결국은 혼자뿐인 세상에서 내가 무엇을 하든 내 편이 되어줄 가족은 인생의 값진 선물이다.

"빨리 가려면 혼자 가고 멀리 가려면 함께 가라"는 아프리카 속담이 있다. 일단 혼자 꿈을 서둘러 이루고 나중에 가족들에게 돌아가겠다는 생각은 잘못된 것이었다. 과정 중 시행착오를 많이 겪었다. 그 시행착오를 겪으면서 많은 것을 깨달았다. 가족을 내 편으로 만들자 꿈도 내 편으로 만들기 더 수월해졌다. 함께 꿈을 꾸고 함께 꿈을 이뤄가는 삶의 여정이 행복하다.

남편도 처음에는 책 속에 빠져있는 나를 보고 책하고 바람이 났다며 질투 아닌 질투를 했다. 매일 새벽에 잠도 안자고 책 읽고 글 쓰는 모습을 보며 그러다 건강 해친다며 걱정 했다. 지금은 이 삶 속에서 행복해 하는 내 모습을 보고 마음이 많이 바뀌었다. 이제는 내 꿈을 응원해준다.

먼저 내가 하고 싶은 일이 무엇인지, 내가 그리는 미래는 무엇이고 꿈이 무엇인지 가족들과 공유하고 가족들의 마음을 얻었다. 이렇게 남편과 아이들을 내 편으로 만들자 꿈도 내 편이 되었다.

엄마의 꿈을 보고 아이들의 꿈도 자란다. 꿈도 없이 아이들 키우는 데에만 온 정성을 집중하고 자기를 희생하면서 애들을 키우면 아이들이 커서 그런 엄마에게 감사할까? 엄마의 희생 속에서 자라난 아이들은 오히려 "나는 엄마처럼 살지 않을 거야!"라는 말로 상처를 줄지도 모른다. 그때 배신감에 후회로 지난 세월을 부둥켜안고 울어도 소용없다.

아이들 키우는 동안 엄마의 성장은 멈춰있고 때가되면 특별한 준비도 없이 직장에서 정년퇴직 하는 그런 뻔한 스토리대로 살지 말자. 아이들 크는 동안 함께 성장하는 삶을 살아가자. 삶 속에 꿈을 담아내고 그 삶 속에 꿈을 버무려보자. 내가 처한 삶과 꿈이 조화로울 때 꿈은 결국 내 편이 된다.

02 | 시련은 나를 더 강하게 만들 뿐이다

성공자들의 삶을 들춰보면 시련 속에서 역경을 딛고 일어나 원하는 것을 얻어낸 사람들이 대부분이다. 더 거센 풍파와 시련을 이겨 낸 사람이 더 크게 성공한다.

'장벽이 서 있는 것은 가로 막기 위함이 아니라 우리가 얼마나 간절히 원하는지 보여줄 기회를 주기 위해 거기 서 있는 것이다.' 라는 말이 있다. 평범한 사람은 앞에 닥친 시련 앞에서 무릎을 꿇거나 좌절 한다. 우리가 성장할 수 있는 소중한 기회라는 사실을 잊어버리곤 한다.

모리셔스 섬에 살던 도도 새는 땅에 둥지를 틀고 나무에서 떨어진 과일을 먹고 살았다. 주변에 먹을 것이 많으니 굳이 날아다니며 힘들게 먹을 것을 구할 필요가 없었다. 날지 않으니 날개는 퇴화하고 날지

못하는 새가 되었다. 사람을 포함한 포유류가 섬에 들어오기 전까지 도도 새는 천적의 공포 없이 살아왔다

사람이 다가와도 날아갈 줄 모르는 새에게 포르투갈어로 '바보, 멍청이' 라는 의미의 '도도' 라는 이름이 붙었다. 사람과 같이 들어온 생쥐, 돼지, 원숭이는 땅에 있는 도도 새의 알을 쉽게 깨먹었다. 사람의 남획과 외부에서 유입된 종들의 공격으로 도도 새의 개체 수는 급격히 줄었다. 도도 새는 희귀종이 되었으며, 1968년 결국 멸종되었다.

도도 새의 멸종이유는 천적이 없었기 때문이다. 사방에 먹이가 풍부했고 천적이 없어 날아오를 생각을 하지 못한 것이 멸종의 결정적 요인이었다.

사람도 마찬가지다. 살면서 시련이 없다면 결국 멸종한 도도 새처럼 될 수 있다. 시련 없는 편안한 삶만 산다면 현실에 안주하게 된다. 성장하지 못한다. 현재 정상에 올라선 사람들의 성공적인 모습만을 보며 부러워할 것이 아니라 그 자리에 오르기까지 그 사람이 겪었던 실패와 시련의 시간들을 간과해서는 안 된다. 그들에게 시련의 시간이 없었다면 그들도 자신의 내면에 잠들어있는 잠재력을 깨닫지 못했을 것이다. 시련이 변형된 축복이라고 말하는 이유다.

책 한권 쓰는 과정도 마찬가지다. 주제를 잡고 목차를 만들고 초고를 쓰는 일부터 탈고 과정을 거쳐 출간 계약 까지 뭐 하나 쉬운 일이 없다. 컴퓨터 화면의 깜박이는 커서가 나를 집어 삼킬 것 같아 모니터

만 뚫어져라 째려보고 있었던 적도 많다. 마주하고 싶지 않은 내 속 이 야기를 세상 밖으로 내 놓기가 너무 부끄러워서 쓰고 지우고를 수도 없이 반복하기도 한다.

'짧은 글도 제대로 못 쓰는 내가 무슨 책을 쓴다고 설쳐서 이렇게 피곤하게 살아야 하는지…' 라는 부정적 생각들에 휩싸여 머리를 쥐어 뜯었던 날도 많았다. 이런 쓰레기 같은 글들을 계속 써도 되는 것인지 의심스러웠다. 이 글들이 과연 책이 되어도 되는지 나 자신에게 묻고 또 물었다.

헤밍웨이는 '모든 초고는 쓰레기다.' 라고 말했다. 쓰레기 같은 초고를 다듬는 퇴고의 시간은 초고를 쓸 때보다 더 괴롭다. 그만두고 싶을 때가 한 두 번이 아니다. 첫 책의 초고를 한 달 만에 완성하고도 퇴고하는 데 여섯 달이 더 걸렸다. 겨우 출판사와 계약까지 마쳤지만 마음은 내내 찝찝했다. 만족한 원고가 아닌데 질려서 던져버린 느낌마저 들었다. 똑같은 글, 그것도 자기가 쓴 글을 반복해서 읽고 고치는 일은 보통 일이 아니다. 끝내는 글자가 벌레처럼 보일 정도라고 한다. 난 그 정도까지 가지 못했다. 더 읽고 고치기를 반복했어야 했음에도 '출간' 이라는 기쁨을 빨리 맛보고 싶은 유혹을 참아내지 못했다. 생기다만 알을 꺼내려고 암탉의 배를 가르는 어리석은 짓을 했다. 이런 상태로 출판사와 계약을 마치고 출간을 기다리는 내내 초조하고 안절부절못했다.

출간을 한 달 정도 앞두고 출판사와 제목에 대한 이야기를 나누다 의견이 맞지 않아 계약을 파기했다. 원고는 내게 돌아왔다. 계약파기보다 원고를 더 다듬을 수 있어 기뻤다. 마무리를 짓지 못한 원고가 내 손을 떠나있는 동안 내내 자신이 없었고 출간 날이 다가와도 크게 기쁘지 않았다. 원고가 내게 돌아온 그날 오랜만에 숙면을 취했다. 계약파기는 겉으로 보기에는 '시련'이 분명했으나 나에게는 '축복'이었다.

원고를 출판사에 넘기고 나서도 계속 책을 읽고 글을 썼다. 두 번째 책의 초고도 거의 완성되어 간다. 시간이 흐른 후 다시 읽어 본 첫 책의 초고는 너무 미숙하고 유치했다. 그래서 다듬고 또 다듬었다. 전화위복임에 틀림없다. 이대로 책이 출판되었다면 스스로 너무 부끄러웠을 것 같다.

심지어 출간 계약을 앞두고도 내 글을 소리 내서 읽어 본 적이 없었다. 종이에 출력해서 소리 내어 읽어보면 반드시 입에 어색하고 귀에 걸리는 부분이 있다. 글은 읽으면서 고쳐야한다. 1년이 지난 지금에야 그렇게 하고 있다. 책 쓰기에 지름길은 없다. 요령이 통하지 않는다. 요령을 피우는 순간, 샛길로 빠지게 된다. 정도를 벗어난 글은 결국 책이 되지 못한다. 설사 책이 될 수 있을지도 모르나 나 스스로도 부끄러운 책이 되고 만다.

내가 쓴 글을 다듬는 일은 새로 글을 쓰는 것보다 더 힘들고 어렵다. 하지만 내 책을 읽느라 시간과 열정을 들일 독자를 위한 작가의 최소한의 예의이자 도리다. 살면서 만나는 시련의 과정이 나를 더욱 성숙하게 만들고 단단하게 해준다. 그래서 살아가면서 사서 고생하는 도전을 멈추지 않을 것이다. 그 과정에서 겪는 시련은 나를 더 강하게 만드는 도구일 뿐이다.

강가에 나가 보면 매끄러운 조약돌을 많이 볼 수 있다. 지금 우리 눈에는 예쁜 조약돌이지만 그 돌도 처음부터 매끄러운 조약돌은 아니었다. 매끄러운 조약돌이 되기까지 거센 물살에 깎이고 시달리는 시간이 필요하다. 온실 속에서만 자란 화초는 한 줄기 불어오는 바람에도 쉽사리 쓰러진다. 온갖 비바람을 다 맞으며 자란 나무는 어떠한 폭풍우가 몰아쳐도 흔들림 없다. 세상과 많이 부딪히고 아파하는 시간 속에서 사람은 강해진다. 시련은 인생의 거름이다. 풍성한 삶에 반드시 필요한 것이다.

지인으로부터 전해들은 이야기가 있다. 주인공은 온실 속 화초가 아니었을까? 인사팀, 기획팀, 감사팀 등 이른바 요직에서만 일을 하다 책임자급으로 승진을 했다. 하위 직급일 때 다양한 업무 경험도 없고 힘든 시간도 겪지 않았다. 요직에만 있었으니 윗사람의 눈에 띄어 초고속으로 승진을 했다고 한다.

책임자급 자리에 앉았으나 기본적인 일의 경험이 부족해 결재 문서 하나를 검토할 때마다 부하 직원이 아무리 상세히 설명을 해도 잘 알아듣지 못했다. 시간이 지나면서 직원들은 수군거리기 시작했고 결국 견디지 못한 그는 스스로 그 자리에서 물러났다. 하위 직급일 때는 기피부서에서 어렵고 힘든 업무도 몸 사리지 말고 다양하게 해보아야 한다. 그래야 팀장이 되고 책임자가 되었을 때 부끄러운 모습으로 물러나지 않는다.

전에 교통정책과에서 근무했었다. 주정차 위반 차량에 대한 과태료 부과라는 침해적 행정행위가 내 업무였다. 하루에도 수많은 사람들이 전화해서 따지고 욕 했다. 이런 이유로 교통정책과는 해마다 기피부서로 선정된다. 그 때는 너무 힘들고 싫었지만 그 안에서 많은 것들을 배우고 익혔다. 어떤 까다로운 민원인들도 마음의 흔들림 없이 상대할 수 있게 되었다.

힘든 시간은 참고 견디면 반드시 지나가고 그 시간 안에서 성장하게 된다. 그 시련의 시간은 결코 헛되지 않다. 뿌리 깊은 나무가 어떤 풍파가 몰아쳐도 쓰러지지 않듯이 사람도 심지가 굳어야 어떤 힘든 일이 다가와도 넘어지지 않는다. 살다 보면 우리 삶에 어차피 시련은 닥치게 마련이다. 시련이 닥치면 '어! 또 한 번 성장할 기회가 왔네!' 라는 긍정적 마음을 가져보자. '이 또한 지나가리라' 라고 편안하게 마음을 먹어보자. 그 시련의 시간을 당신의 심지를 굳건히 할 수 있는 절호의 기회라고 생각하면 된다. 온실에서 자란 나무보다 비바람을 겪으며 자란 나무가 더 튼튼하다는 것을 잊지 말자.

03 | 꿈 지도로 인생을
디자인하라

학생 때 공무원이 꿈이었던 시절이 있었다. 1년 정도의 수험 생활을 하는 동안 그 꿈을 성취하려 구체적인 실행전략을 세웠다. 책상 앞에는 동기 부여하는 글을 크게 써 붙여 놓았다.

'일단 합격하자! 남편감이 달라진다!'
'공무원 합격하기 전에는 길거리의 수많은 돌멩이에 불과한 존재다!'
'나는 대한민국 공무원이다'

세부 실천 사항으로는 모든 시간을 쪼개고 쪼개서 완전히 통제했다. 공부할 때 처음부터 모두 이해하려고 하지 않고 책을 첫 장부터 끝까지 시간 단위로 분량을 정했다. 이해가 되지 않거나 어려운 부분은 표시만 해두고 과감히 넘어갔다. 모든 과목을 그렇게 공부했다. 하루하루 매 순간 순간을 완전히 통제하며 최선을 다했다.

노력은 배신하지 않았다. 간절한 꿈인 공무원이 되었다. 공무원이 되고 나서 안정적인 현실에 안주하지 않겠다며 한자공부, 영어공부, 운동, 독서, 강의듣기 등의 자기계발을 꾸준히 열심히 했다. 무언가를 해야 할 것 같다는 생각으로 항상 배우고 도전하는 삶을 살았다. 부지런히 열심히는 살았다. 이러한 삶의 태도가 쌓여 성실하고 열심히 산다는 인정을 받았다. 하지만 목적지 없이 망망대해를 열심히 헤매는 배에 불과했다. 어디로 가고 있는지 방향을 잃은 채 방황하고 있었다.

퇴직이 얼마 안 남은 과장님이나 팀장님들과 대화할 기회가 생기면 이런 질문을 한다. "과장님은 퇴직하고 뭐 하실 계획이에요?", "과장님은 주로 시간 나면 뭐 하세요?"

질문에 대한 대답은 거의 그냥 연금 받으면서 쉴 거라는 거였다. 그동안 고생한 대가로 휴식을 보상으로 주고 싶은 마음은 충분히 이해가 된다. 하지만 60세부터 쉬기만 하기에 남은 인생은 너무 길다. 나는 퇴직 후 쉬기만 하진 않을 거라고 결심을 했다. 하지만 지금 아무런 준비도 하고 있지 않으면 나의 미래도 다르지는 않을 것 같았다.

얼마 전 인턴이라는 영화를 보았다. "사랑하고 일하고, 일하고 사랑하라! 그게 삶의 전부다."라는 정신분석학자이자 심리학자인 프로이

드의 명언으로 시작하는 영화였다. 70세 노인이 은퇴 후 다시 회사에 인턴으로 들어가서 젊은이들에게 인생에 대해 진지하게 알려주고 누구보다 열정적으로 삶에 임하는 이야기다.

이 영화를 보고 멋지게 늙은 노신사의 모습에서 시간과 연륜을 뛰어넘은 열정을 보았다. 영화를 보는 내내 퇴직 후에 이런 인생을 살아보고 싶다는 생각이 들었다. 명확한 인생설계를 해 보는 기회를 가졌다. 퇴직을 앞두고 있는 평소 존경하던 과장님께 이 영화를 추천했다. 과장님의 퇴직 후 멋진 인생 2막을 기대한다.

전에는 나도 '퇴직 후에는 뭐하지?' 라는 생각을 종종 했다. 특별한 계획이 떠오르지 않았다. 현직에 있을 때 인생 2막을 설계해야 한다. 월급이 꼬박꼬박 들어올 때 미래를 준비해야 한다. 월급의 일정부분은 미래를 위해 투자해야 한다.

남녀노소를 떠나 사람은 누구나 죽을 때까지 꿈과 목표가 있어야 한다. 그래야 삶에 대한 열정과 에너지가 샘솟는다. 이렇게 말하는 나도 '꿈'을 잊고 현실의 삶 속에서 안일하게 살아왔다.

어느 날, 현실의 삶 가운데서 꿈을 발견했다. 지금은 안정적인 삶을 살고 있지만, 인생 2막을 꿈을 이루는 삶으로 채우고 싶었다. 스스로 만든 울타리를 뛰어넘기로 했다. 꿈을 꽉 붙잡고 놓기 싫었다. 꾸준히 독자와 행복한 소통을 이어가고 싶다. 글 쓰는 삶을 살면서 지식과 경험을 나누는 동기부여 강연가가 되는 상상만으로 가슴이 설렌다.

많은 사람들이 꿈이 무엇인지 모르고 산다. 꿈에 관심이 없다. 설령 꿈이 생겼다고 하더라도 막연한 경우가 많다. 자신도 잘 모르는 희미한 꿈을 선명하게 바꿀 수 있는 가장 손쉬운 방법이 꿈을 시각화하는 것이다. 모치즈키 도시타카의 저서《당신의 소중한 꿈을 이루는 보물지도》라는 책에 꿈을 시각화하는 쉽고 간단한 방법이 제시되어 있다. 그가 말하는 보물지도의 정의는 다음과 같다.

"보물지도는 자신의 꿈과 관련된 이미지나 사진을 모아서 코르크보드에 붙이기만 하면 되는 미래 설계도이다."

그는 보물지도는 꿈을 이루는 마법의 도구라고 말한다.

"당신의 소중한 꿈을 이루어 줄 '꿈의 설계도', 보물지도를 손잡이 삼아서 행복하고 즐거운 마음으로 꿈의 기차에 올라탑시다."라고 말하며 우리를 꿈을 이루는 길로 안내한다.

나는 생각이 떠오르면 바로 실행하는 편이다. 책을 읽고 바로 보물지도를 만들었다. 코르크보드를 구입하고 꿈과 관련된 사진이나 그림들을 찾았다. 그 동안 꿈을 시각화하려고 휴대전화에 사진을 꾸준히 저장해 놓았기 때문에 찾는 일은 어렵지 않았다. 꿈을 담은 사진들을 붙였다. 사진 옆에는 원하는 바를 구체적으로 적었다. 살고 싶은 자연친화적이고 북 카페 같은 전원주택 사진도 찾았다. 평생 글 쓰는 삶을 살기 위한 꿈꾸는 서재도 구체적으로 그렸다. 행복한 책의 작가가 되어 대형서점에서 저자 강연회 하는 모습과 사인하는 모습도 붙였다.

강연을 듣고 처음 꿈을 발견하고 행동하기로 결심 했던 경기도인재개발원 강단에 서서 강연하는 모습, 모교에서 후배들에게 열정적인 강연을 하는 모습을 생생하게 그렸다. 내가 수험생활을 하던 고시학원에서 수험생들 대상으로 꿈꾸는 공무원의 삶에 대해 강연하는 모습도 그려보았다.

보물지도를 만들면서 내가 진정으로 원하는 미래 모습을 더 정확하게 알게 되었다. 이렇게 만든 보물지도를 꿈꾸는 서재의 벽에 걸었다. 글을 쓰다가도 수시로 보면서 꿈을 시각화했다. 그리고 생생한 꿈들을 휴대전화 배경화면에 저장하고 수시로 보면서 동기부여 했다.

직장생활을 하면서도 책을 쓰는 것이 꿈이었다. 시간을 쪼개 글을 썼다. 부족한 시간을 확보하기 위해 매일 새벽 4시에 일어나 한 꼭지 한 꼭지 원고를 써 내려갔다. 난생 처음 작가 프로필 촬영도 했다. 스튜디오에서 메이크업을 받고 촬영을 했다. 웨딩 촬영 이후 처음으로 예쁜 내 모습을 만났다. 아이들이 엄마 아니라고 말해서 우리는 모두 웃었다.

공동저서가 세상에 나왔다. 개인저서가 세상에 나오면 어떤 기분일지 행복한 상상 속에 빠져들었다. 오래가진 않았지만 잠시 구름 위를 걷는 기쁨을 맛 볼 수 있었다. 사람들의 꿈을 발견하고, 가슴 뛰는 삶을 살도록 동기부여 하는 강연가가 되기 위해 이 책을 쓰고 있다.

나만의 꿈 지도를 만들고 내 인생을 디자인했다. 그러자 내가 원하는 삶, 내가 꿈꾸는 눈부신 미래가 그대로 내 눈 앞에 생생하게 그려졌다. 자신이 꿈꾸는 미래를 만들기 위해서는 반드시 자신만의 꿈 지도를 그리고 자신의 멋진 인생을 디자인하자. '과연 이 작은 행동이 무슨 효과가 있을까?' 라고 생각하지 말고 일단 실행하자. 머릿속에서 '흐릿한 소망' 으로 있던 것들이 눈앞의 '명확한 사진' 으로 나타났을 때 믿지 못할 결과가 일어난다. 꿈 지도를 만드는 일은 잠재의식을 내편으로 만드는 최고의 방법이다. 바로 지금, 머릿속에만 있던 꿈을 끄집어내자. 꿈 지도를 만들고 인생을 디자인하자. 사진을 붙이고 글로 써보자. 명확한 꿈 지도는 눈부신 미래로 안내해 줄 것이다.

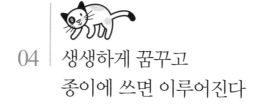

생생하게 꿈꾸고
종이에 쓰면 이루어진다

출근 전, 오늘 읽을 책을 선별한다. 집에서는 육아와 살림으로 인해 집중하여 책을 읽기 어렵다. 점심시간에 식사를 마치고 책을 읽는다. 오늘 내가 고른 책은 헨리에트 앤 클라우저의 저서《종이 위의 기적, 쓰면 이루어진다》다. 제목 자체가 매력적이었다. 또한 표지에 쓰인 "당신이 쓰는 순간, 모든 것이 이루어진다. 당신이 펜을 드는 순간, 당신의 삶은 기적처럼 바뀐다. 마치 거짓말처럼" 이란 문구가 마음에 와 닿았다. 그 삶의 기적이 나에게도 이루어졌으면 좋겠다는 생각을 하며 책을 집어 들었다.

저자는 그 책에서 일단 쓰고 꿈을 시각화하면 이루어진다고 말한다. 그의 말을 뒷받침하기 위해 수많은 사례들을 소개한다. 종이에 쓰고 꿈을 이룬 사람들의 이야기를 하면서 "좋은 일은 일어나게 마련이다."라고 끊임없이 속삭인다. 삶이 기록한대로 전개될 것이라는 믿음을 가지라고 한다.

가족을 떠나 혼자 미국에 도착한 19살 한 소년이 있다. 현재는 보잘 것 없는 모습을 하고 있었지만 그 소년의 가슴 속에서는 원대한 꿈이 자라고 있었다.

"20대에는 이름을 날리고, 30대에는 천억 원을 모으고, 40대에 사업에 승부를 건다. 50대에는 연 10조의 매출을 올리고 60대에 다음 세대에게 사업을 물려준다."

그 꿈을 이루기 위해 그는 한 가지를 시작한다. 하루 5분 자신의 꿈을 종이 위에 쓰는 것이었다. 하루도 거르지 않고 노트를 채워나갔다. 최고의 승부사라는 평을 받는 소프트 뱅크의 사장 손정의다. 누구나 최고라고 인정하는 그이지만 시작은 참 초라했다. 1981년 지하에 첫 사무실을 마련하고 두 명의 직원 앞에서 원대한 꿈을 이야기 했다.

"우리의 목표는 세계에 이름을 날리는 최고의 IT기업입니다."

직원들은 무심했고 세상 물정 모른다며 그를 떠났다. 그는 흔들리지 않았다. 자신이 꿈을 꾸면 인생은 달라질 것이라고 믿었다. 세상에 이를 증명하기 위해 노력했다. 마침내 지금의 손정의가 되었다.

모두가 비웃었던 그의 꿈이 이루어졌다. 성공하고 싶다면 그처럼 바라는 것을 명확하게 요청해야 한다. 내가 바라는 것들을 종이에 적어서 하루에 수십 번 들여다보고 암송하고 생생하게 상상해야 한다.

그러면 희한하게도 예상치 못한 수단과 기회가 날아들고 결국 꿈은 이루어진다.

내가 거주하고 있는 도시, 안성에 안성맞춤랜드가 있다. 우리 시 대표 축제인 바우덕이축제가 열리는 곳이다. 그 곳에는 남사당 공연장, 썰매장, 캠핑장, 천문과학관 등 가족 단위 방문객을 위한 시설이 아주 잘 갖춰져 있다. 우리 가족들도 날씨가 화창한 날이면 그 곳에 가서 실컷 뛰어놀다 온다. 실내 휴식공간이 없어서 항상 아쉬웠다. 날씨가 흐린 날은 방문객이 거의 없었다.

나는 어느 날 일기장에 이렇게 썼다.

"안성맞춤랜드가 바우덕이축제장으로만 활용되기에는 너무 아깝다. 도서관 놀이터 같은 실내 시설이 있으면 좋겠다."

단 두 줄이었지만 글로 남기자 내 마음 속에는 항상 이 소망이 자리잡고 있었다. 이 글을 쓰고 일 년이 흘렀다. 기회가 왔고 단 두 줄의 흐릿한 아이디어를 두 장의 보고서에 명확하게 담았다. 아이디어 창안회의 때 시장님 앞에서 발표 했다. 세 아이 엄마가 랜드에 갈 때마다 느꼈던 진솔한 경험과 소망을 보고서에 자연스럽게 녹였다.

소망은 통했다. 시장님의 마음이 움직였다. 예산을 확보하고 실행하라는 지시사항이 내려왔다. 가슴이 벅찼다. 이렇게 빨리 실행될 줄 몰랐다. 내가 일기장에 쓰지 않았다면 잠시 내 머릿속에 스쳐 지나가고 말았을 생각에 불과했다. 내가 종이 위에 글로 쓴 순간 내 뇌는 나도 모르는 사이 계속 기억하고 있었던 것이다. 생생하게 꿈꾼 것들을 보고서에 담아 발표했다. 생각 속에 머물러 있던 소망을 행동을 통해 세상 밖으로 내 보냈다. 간절한 소망을 담은 꿈은 이루어진다.

종이에 적은 꿈은 현실이 된다. 일단 종이 위에 원하는 것을 쓰면 나 스스로 그 방법을 찾든, 상황이 그렇게 흘러가든, 주위사람이 도와주든 이루어지게 되어있다. 좋은 일은 일어나게 마련이니까. 이미 내 삶의 많은 방향들이 종이 위에 쓰면서 결정되고 있다.

전위 예술가 오노 요코는 다음과 같이 말했다.

"무언가를 소망하라. 그 소망을 쪽지에 적어라. 쪽지를 접어 소망의 나뭇가지에 매달아라. 나뭇가지가 온통 소망으로 뒤덮일 때까지 소망하기를 멈추지 마라."

이 글을 읽는 여러분도 원하는 것이 있으면 종이 위에 꼭 적어보라고 권한다. 나처럼 그 기적을 맛본 사람은 그 행복감을 안다. 내가 원하는 것들을 구체적으로 적었다. 내 삶의 방향과 목적을 제시해줄 비전선언문을 작성했으며 최근에는 되고 싶고, 하고 싶고, 이루고 싶은 것 다섯 가지를 종이 위에 쓰며 나의 꿈을 생생하게 살아 움직이게 했다.

다음은 최근에 내가 적은 꼭 이루고 싶은 버킷리스트 다섯 가지다.

첫째, 독자들과 행복하게 소통하며 글 쓰며 사는 삶 이어가기
둘째, 꿈과 행복을 전해주는 동기부여 강연가 되기
셋째, 부모님께 편하고 따뜻한 집 지어드리기
넷째, 책과 음악이 함께하는 북 콘서트 열기
다섯째, 자연친화적이고 북 카페 같은 전원주택에서 살기

매일 조금씩 이 꿈들에 다가가는 행동을 한다. 글을 쓰고 블로그 이웃들과 소통을 이어간다. 꿈에 생명을 불어넣는 일은 생각보다 더 행복하다. 마음속에 막연하게 자리했던 꿈을 종이 위에 쓰면 꿈이 날개를 달고 훨훨 날아다닌다. 글을 쓰면서 과거의 삶이 갈무리 된다. 동시에 미래에 내 앞에 펼쳐질 일들이 명확해진다.

과거에는 일상에 지쳐 꿈꾸는 것조차 삶의 사치로 여기며 하루하루를 버티듯이 살았다. 지금은 명확해진 꿈이 삶을 이끌어주고 있다. 꿈은 살아서 움직이고 꿈을 이루려고 더 열심히 노력하고 있다. 종이 위에 써서 생생해진 꿈은 결국 나를 행동하게 만든다. 꿈을 닮고 싶고 꿈에 걸맞은 사람이 되고 싶기 때문이다.

꿈을 명확하게 꾸고 종이 위에 쓰면 꿈을 향해 나아가는 삶의 자세가 적극적으로 바뀐다. 쓰면서 꿈은 잠재의식 속에 각인된다. 또한 생

생하게 기록된 꿈은 잠재의식의 힘을 자극해 행동하게 만든다. 당신의 의지만으로 힘들었던 일이 꿈의 손을 잡으면 가능해진다. 꿈을 꾸는 데는 돈이 들지 않는다. 기왕이면 크게 꾸어라. 머릿속에만 흐릿하게 존재하는 꿈에 생기를 불어넣듯 행복한 상상을 하며 종이 위에 꾹꾹 눌러 담아보자.

《10년 후》의 작가 그레그 레이드는 "꿈을 날짜와 함께 적어놓으면 목표가 되고, 목표를 잘게 나누면 계획이 된다. 계획을 실행에 옮기면 꿈이 현실이 된다."라고 했다.

당신이 꿈꾸는 삶의 모습은 무엇인가. 어떤 삶을 상상하든 상관없다. 상상하면 꿈이 현실이 된다는 확신을 갖자. 지금 당장 적어보자. 구체적일수록 좋다. 명확하고 구체적으로 글로 써서 그리는 꿈은 반드시 이루어진다. 쓰면 이루어지는 종이 위의 기적이 당신의 삶에서도 일어나길 바란다.

05 | 꿈에 엔진을 달아라

김태길 작가는 《글을 쓴다는 것》에서 다음과 같이 말한다.

"글이란, 체험과 사색의 기록이어야 한다. 그리고 체험과 사색에는 시간이 필요하다. 만약, 글은 읽을 만한 것이 되어야 한다고 믿는다면, 체험하고 사색할 시간의 여유를 가지도록 하라. 암탉의 배를 가르고, 생기다만 알을 꺼내는 것은 어리석은 일이다. 따라서 한 동안 붓두껑을 덮어 두는 것이 때로는 극히 필요하다."

삶은 아는 만큼 덜 예속되고 모르면 휘둘리기 쉽다. 책 한 권 써 내기가 목표이자 꿈이었던 적이 있었다. 모르는 만큼 더 빠져들었고 예속되었다.

책 쓰기는 마라톤인데 백 미터 달리기를 하듯 숨 가쁘게 한 달 만에 초고를 완성했다. 물론 그 때 내 원고는 책 쓰는 세계에 대한 환상에 빠져 허우적대는 모습 자체였다. 아이들도 다 내팽개치고 오로지 책 쓰기에만 매달렸다. 그만둘 용기는 없었지만 직장도 쉬고 싶었다. 어떻게든 방법을 찾고 싶었다.

전문작가가 아닌 평범한 사람이 책을 쓸 수 있다는 그 사실 자체가 처음 들어보는 말이었다. 이 험난한 과정을 거치고 나서야 깨달았다. 세상 물정 모르는 욕망만 들끓는 세속적 인간이었음을. 방법을 배워서 책을 쓴다는 말에 급속도로 빠져들었다. 초고를 완성하고 '책 이렇게 쓰면 되는 거였어? 엄청 쉽네. 이렇게 쉬운 책을 왜 다들 안 쓰는 거지?' 라는 기고만장함이 하늘을 찔렀다.

교만의 결과물인 내 초고가 겸손의 발뒤꿈치라도 따라갈 수 있는 글로 바뀌는 과정 속에서 글 뿐 아니라 삶의 변화가 일어났다. 책 한권 출간하기가 목표인 글쓰기가 아니라 진정으로 내 마음에서 우러나는 글을 쓰게 되었다.

《글쓰기 최전선》의 은유작가는 글쓰기 선생이다. 프로필에 '작가'라는 호칭대신 '글 쓰는 사람'이라고 쓴다. 실력도 출중한데 겸손하기까지 하다. 공저 한권 내고 '작가'라고 떠들고 다니던 내 모습이 떠올랐다. 쥐구멍에라도 숨고 싶은 부끄러움에 얼굴이 빨개졌다. 어느 날

은유 작가의 강연을 듣다 마음에 와 닿는 말이 있었다. 글쓰기 수강생과 은유 작가의 대화다.

"10년 정도 매일 자기 인생에 관해 글 쓰면 좋은 책을 낼 수 있나요?"

"아니요. 대신 인생이 변합니다."

꿈 많은 엄마가 책 쓴답시고 호들갑을 떤 지 일 년이 지났다. 그 사이 참 많은 일들이 있었다. 후회되는 부분도 많다. 무지가 불러온 지혜롭지 못했던 처사에 씁쓸한 마음이 들기도 한다. 그 모든 과정이 꿈에 엔진을 다는 과정이었다고 생각한다. 그 과정 속에서 내 삶은 변하고 있다. 책 쓰기를 위한 글쓰기가 아니라 글을 쓰다 보니 책을 쓰게 되는 것이 가장 좋다. 책이란 이렇게 글 쓰며 사는 삶 속에서 부산물로 나타나는 결과라는 것을 돌고 돌아 깨달았다.

정여울 작가의 저서 《그림자여행》에서 글을 잘 쓰기 위해서는 좋은 독자가 되어야 한다고 말한다.

"내가 읽어보거나 만나본 좋은 작가들은 하나같이 '좋은 독자들'이었다고, 어떤 특별한 비결은 아닌 것 같지만 그 사람이 무엇을 읽었느냐가 그 사람이 무엇을 쓸 것인가를 상당부분 결정한다고 말이다."

책은 꿈을 디자인하는 최고의 도구다. 성공한 사람들은 항상 책을 옆에 두고 책을 탐독하는 삶을 통해 꿈을 이루었다. 나 또한 꿈이 생기면서 책을 읽고 대하는 방식이 많이 달라졌다. 글을 써 보니 작가의 처지와 상황이 헤아려진다. 작가가 자료를 찾기 위해 얼마나 애를 썼는지, 생각과 느낌을 적절한 단어와 문장에 담기 위해 얼마나 고심했는지 감히 가늠할 수 있게 되었다. 내가 직접 글쓰기에 관여하면서 글을 보는 안목이 길러졌다. 책을 읽고 글을 쓰면서 겸손과 진득함을 배웠다.

전에는 책 사는 돈이 아까워 주로 도서관에서 빌려 읽었다. 바쁘고 지치면 책 읽기는 항상 우선순위에서 밀려났다. 여유가 있을 때만 책을 읽는 정도였다. 책을 읽고 변화를 기대하기보다 책을 읽는 행위 자체에 위안을 삼았다. 책을 읽는 동안에는 현실을 잊을 수 있어 좋았다.

직장생활 속 내 모습은 항상 피곤했고 여유가 없었다. 세 아이 엄마로써의 삶은 늘 바빴다. 그런 나에게 책은 나 자신과 마주 할 수 있는 유일한 안식처였다. 점심시간이면 한적한 곳에 가서 책을 읽으면서 지적 자극을 받았고 위안을 얻었다.

글을 쓰기 시작하면서 책을 대하는 시각과 태도는 완전히 달라졌다. 시간 있을 때나 하던 취미독서는 책 속에 완전 빠져드는 몰입독서로 바뀌었다. 이제는 어딜 가더라도 책 몇 권은 가방 안에 항상 가지고 다닌다. 일주일에 두 세 권의 책을 구입한다.

예전에는 빌려 읽는 책이 대부분이어서 생각을 적거나 밑줄을 치는 데 익숙하지 않았다. 지금은 깨끗하게 책을 보는 것이 어색하다. 볼펜으로 동그라미, 세모 등 온갖 표시를 하며 책을 읽게 되니 자연스럽게 도서관에서 빌려 읽는 일은 줄어들었다. 빌린 책은 다시 반납을 해야 하기 때문에 조심히 다뤄야 해서 불편했다.

책을 읽기 전에 앞 장에 이 책을 읽게 된 동기나 책에 대한 기대감을 쓴다. 그리고 책을 다 읽고 나서는 맨 뒷장에 책을 읽고 나서 느낀 독후감을 쓴다. 책을 읽는 동안에도 수시로 떠오르는 생각을 여백에 적는다. 책을 눈으로만 읽지 않는다. 계속되는 메모로 책을 더럽히며 읽는 편이다. 끊임없이 쓰면서 저자의 생각과 내 생각을 왔다 갔다 한다. 이런 독서 습관은 더 이상 도서관에서 책을 빌려 읽지 못하게 했다.

내가 책을 쓰다 보니 한 사람의 인생이 고스란히 담겨있는 책의 가격이 15,000원 정도라면 결코 비싸지 않다는 생각이 든다. 저자가 몇 개월 동안 길게는 1년 넘게 고군분투하며 써 낸 책을 고작 15,000원 내고 사 볼 수 있다니 거저라 생각한다. 책을 읽고 조금이라도 내 삶에 변화가 일어난다면 책값이 문제겠는가.

마음을 울린 문장을 그냥 감동만 하고 지나치면 기억에 남아있는 게 아무것도 없다. 독서노트에 적어놓으면 나중에 다른 책을 읽을 때 '어? 이와 비슷한 문장을 어디에서 보았는데…' 라고 생각하면서 노트를 펼치면 여지없이 내가 생각했던 그 페이지에서 나를 반겨준다. 글로 써둔 것은 반드시 기억 속 어딘가에 남아있다.

　새벽의 1시간은 낮 시간의 3시간이라고 했다. 워킹 맘으로 바쁜 삶을 살고 있는 내게 '올레'라고 외칠 만큼 정말 기분 좋은 말이다. 새벽이 없었으면 글 쓰는 삶은 생각조차 하지 못했을 것이다. 새벽에 일어나 온전히 나만의 시간을 누릴 수 있어서 참 감사하다. 세상에서 가장 고요한 시간에 글을 써 내려가고 있다. 모든 사람들이 새벽 단잠에 빠져 있을 때 새벽시간을 이용해 꿈에 엔진을 달고 있다.

　알렉산드리아 피네는 "가장 바쁜 사람이 가장 많은 시간을 갖는다. 부지런히 노력하는 사람이 결국 많은 대가를 얻는다."라고 말했다. 기회의 여신은 절대 게으른 자에게 미소 짓지 않는다. 하루를 세 배로 살아가는 부지런한 사람에게 기회의 여신은 활짝 웃어준다. 꿈을 찾았다면 꿈에 엔진을 다는 행동력이 분명히 뒷받침 되어야 한다. 그래야 꿈을 이룰 수 있다. 오늘부터 부릉부릉 꿈에 엔진을 달아보자.

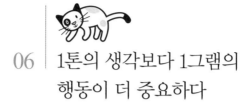

06 | 1톤의 생각보다 1그램의 행동이 더 중요하다

《국제시장》이라는 영화가 있다. 6.25전쟁을 시작으로 경제개발을 위한 차관과 달러가 필요했던 시기에 이루어졌던 파독 광부와 간호사 이야기, 월남전 참여로 경제적 이익을 본 소시민 이야기 등 가난과 혼돈의 한국현대사를 묵묵히 견뎌온 이야기다. 영화 속 현대그룹의 고 정주영 회장이 인상 깊었다.

정주영 회장은 실천력이 굉장히 뛰어난 사람이다. 모든 이들의 비웃음과 엄청난 반대를 무릅쓰고 모든 이들이 허무맹랑한 상상으로 치부했던 그 모든 일들을 "이봐, 해보기나 해봤어?"라는 한마디와 함께 도전에 옮겼다. 어려운 일을 앞에 놓고 망설이는 직원들에게 그는 자주 "해보기나 해봤어?"라고 질문했다. 안 된다고 생각하고 지레 겁부터 먹지 말고 적극적인 자세로 행동하라는 그의 정신이 담긴 한 마디였다. 한국에서 산업화의 물꼬를 텄던 그의 성공신화 속에서 그는 도전과 행동의 상징이 되었다.

5년 후, 10년 후의 눈부신 미래를 그리며 거창한 계획을 세워놓고 아무 행동도 하지 않는 것보다 계획이 없더라도 하고 싶은 일이 있다면 당장 시작하고 실천하는 것이 낫다. 하루에 한 시간 이상 걷기 운동하기, 빽빽하게 짜여진 1년 독서 계획표대로 책 읽는 가족 실천하기, 멋진 칼럼처럼 글을 써서 블로그에 올리기 등 이런 거창한 계획을 세우고 생각만 하다 그 부담감에 짓눌려 아무것도 하지 않는 경우가 많다. 그것보다는 작게라도 지금 이 자리에서 당장 할 수 있는 것부터 시작해야 한다.

매일 아침 영어방송을 들으며 공부한다. 혼자서 하니 효율성이 떨어졌다. 영어공부 하고 싶어 하는 마음에 맞는 직원을 만났다. 거창한 계획을 세우지 않고 그날 바로 시작했다. 점심시간 10분을 투자해서 영어 대화문을 함께 외우기로 했다.

완벽하게 준비하고 시작하려고 하면 시작조차 할 수 없다. 인생은 항상 바쁘고 상황은 항상 안 좋다. 생각이 떠오르면 일단 저지르자. 운동을 하고 싶으면 화장실 갈 때마다 스트레칭을 하고 엘리베이터 대신 계단을 이용하자. 책을 가까이 하는 아이로 키우고 싶으면 하루에 한 권씩이라고 매일 함께 책을 읽고 내용에 대해 이야기 나누자. 떠오르는 생각이 있다면 날아가 버리기 전에 지금 당장 짧게라도 글에 담아 보자.

노자의 《도덕경》에 다음과 같은 말이 있다.

"천하의 어려운 일도 쉬운 일에서 시작되고 천하의 큰일도 그 시작은 미약하다. 아름드리나무도 털끝 같은 씨앗에서 나오고 높은 누대도 한 무더기 흙을 쌓으며 시작하고 천 리길도 한걸음에서 시작된다."

글을 쓰려고 컴퓨터 앞에 앉았는데 한 줄도 써 내려가지 못하고 모니터만 뚫어져라 바라보고 있는 날이 있었다. 머릿속에서 생각을 정리하여 끄집어내려고 한 게 문제였다.

생각만 많이 하지 말고 일단 쓰기 시작해야 한다. 무슨 생각이 떠오르든 일단 여백을 채운다는 느낌으로 글을 써 내려가면 된다. 이미 머릿속에서 완전해진 생각을 글로 표현하면 되는 것이 아니다. 글로 쓰면서 생각이 만들어지는 것이다. 완벽한 문장을 기다리다가는 수많은 생각들을 하나도 머릿속에서 끄집어 내지 못한다. 일단 자판을 두드리고 글을 쓰기 시작해야 한다. 머릿속에 아무리 많은 생각들이 떠 다녀도 글로 표현되지 못하면 소용없다. 1톤의 생각이라도 의미가 없다. 일단은 컴퓨터 자판에 손을 올리고 무슨 말이든지 써 내려가야 한다.

일단 써 내려 가다보면 사례가 생각나고 아이디어가 떠올라 글을 채우게 된다.

손을 들어 질문을 할까 말까? 사랑한다는 말을 할까 말까? '할까 말까' 하고 망설여질 때는 일단 하자. 후회는 아무리 빨라도 늦고 시작은 아무리 늦어도 빠르다는 말이 있다. 머릿속에 떠오른 생각이 있다면 무엇이든 지금 하자. 살면서 머릿속에 어떤 생각이 떠올라도 그 순간 하고 싶지 않거나 바쁘다는 핑계로 하지 않을 때가 많았다. 그러면 어김없이 좋지 않은 결과가 기다렸고 결국 나는 후회했다. 그래서 지금은 어떤 생각이 떠오르면 즉시 행동으로 옮기는 편이다. 지금 하지 않으면 결국 안 할 것이라는 것을 알기 때문이다.

이런 생각을 품고 책을 읽다 영국의 찰스 해돈 스펄전의 시《지금 하십시오》라는 글이 마음에 와 닿았다.

할 일이 있으면 지금 하십시오.
오늘은 맑지만 내일은 구름이 보일지도 모릅니다.
친절한 말 한마디가 생각나거든 지금 말하십시오.
사랑하는 사람이 언제까지 곁에 있지는 않습니다.
사랑의 말이 있다면 지금 하십시오.
사랑하는 사람이 당신 곁을 떠날 수 있습니다.
미소를 지으려면 지금 웃어주십시오.

당신이 주저하는 사이에 친구들이 떠날 수 있습니다.

불러야 할 노래가 있다면 지금 부르십시오.

노래 부르기엔 이미 늦을 수 있습니다.

가끔 뉴스를 통해 생각지도 못한 참사의 희생자들을 본다. 그들이 가족과 사랑하는 사람에게 마지막으로 보낸 메시지를 보면 가슴이 미어진다.

"그 동안 못 해줘서 미안해. 사랑해. 사랑해. 사랑해."

안타깝게도 많은 사람들이 사랑한다는 말을 마지막 순간까지 가슴에 담아두고 살아간다. 표현하지 않아도 알 거라고 마음속에만 담아두지 말고 지금 소중한 사람들에게 사랑한다고 말해보자. 사랑한다고 말했다가 남편에게 "뭐 또? 뭐가 갖고 싶은데?"라는 말을 듣게 될지 모른다. 그런 것에 상처받지 말자. 말은 그렇게 해도 돌아서며 미소 짓고 하루 종일 기분이 좋아 웃는다.

할 수 없는 변명거리들을 생각해 내느라 시간을 허비하지 말고 해야 할 이유를 찾고 해 낼 수 있는 방법을 찾아보자. 쉽고 작은 일 부터 당장 시작하자. 신기하게도 일단 시작하면 그 다음부터는 일이 술술 풀리는 경우가 많다. 바깥 날씨는 너무 화창하고 좋은데 옷 차려입고 나가기 귀찮아서 집안에만 있으려고 하다 일단 문을 열고 밖에 나온 순간, 나오기를 잘 했다는 생각이 들 때가 많다. 일단 시작하면 길은 다 열리게 되어 있다.

일단 무엇인가를 하고 싶고 해야 하는 일이라면 내 마음의 비위를 맞추려 이것저것 따지지 말고 일단 행동하자. 어차피 해야 하는 일이라면 미적거리지 말고 당장 시작하자. 일단 시작만 해 놓으면 또 다른 이끌어 주는 힘에 의해 그 일에 몰입하고 있는 자신을 발견하게 된다. 일단 시작만 하면 그 다음부터는 일이 자연스럽게 진행되는 경우가 많다.

기회가 왔을 때 당장 시작하자. 언제나 1톤의 생각보다 1그램의 행동이 더 중요하다. 너무 많은 생각들을 하며 시간을 허비하지 말자. 많은 이들이 생각만 너무 많이 하다가 바로 행동하는 사람들에게 기회를 빼앗기는 삶을 살아간다. 마음속에 엄청난 소망을 품고 아무리 훌륭한 계획을 세웠더라도 행동하지 않으면 아무 소용없다. 행동으로 옮긴 소망만이 삶에 영향을 미친다. 머릿속에만 맴돌던 1톤의 생각은 삶에 아무런 영향도 끼치지 못하다. 오늘 작은 행동이 모여 미래를 만든다는 사실을 잊지 말자. 언제나 생각보다 행동이 강하다. 1톤의 생각보다 1그램의 행동이 꿈을 이루게 한다.

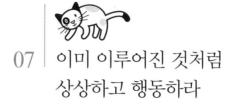

07 | 이미 이루어진 것처럼
상상하고 행동하라

아트스피치 김미경 원장은 《인생미답》이라는 책에서 "꿈은 인쇄소에서 탄생한다."라고 말한다. 사람들은 자기 명함 만들 때도 수십 명이 일시에 동의해야 명함을 가질 수 있다고 착각한다고 말한다. 이 착각은 명함을 갖는 일에 두려움을 갖게 한다.

신선한 충격이었다. '내가 꿈꾸는 삶을 명함에 넣으면 되겠네. 그래 내 명함인데 왜 다른 사람 눈을 의식해? 왜 꼭 다 이루고 나서 명함을 만들 필요 있나? 반대로 해도 되잖아. 일단 만들고 거기에 맞는 삶을 디자인 해 나가도 되잖아.' 이런 생각들이 떠올랐다.

다음 날, 인쇄소에 전화했다. 시안을 메일로 보내고 생애 처음 꿈을 담은 명함이 나왔다. 명함에 '행복한 꿈쟁이 작가'라고 적었다. 글을 쓰기 시작함과 동시에 꿈을 품은 행복한 작가다. 오늘도 명함에서 말하는 꿈에 걸맞은 사람이 되려고 행동한다. 아무리 바빠도 한 페이지라도 책을 읽고 단 몇 줄이라도 글을 쓴다.

바라는 것이 있다면 이미 그것이 이루어졌다고 생생하게 상상하라. 소망이 이루어진 상태에서 느끼는 감정과 기분을 만끽하고 그에 걸맞은 행동을 해보자. 상상력은 당신이 바라는 미래로 데려다 줄 충분한 능력이 있다. 상상력은 인생 최고의 선물이다.

개인저서 출간 전이지만 블로그 세상에서 이미 나는 '행복한 꿈쟁이 작가'다. 사람들이 "작가님, 작가님" 하고 부르는 게 어색하고 부끄러웠다. 제대로 된 개인저서 한 권 없는 데 작가라고 불리는 것이 영 마음을 불편하게 했다.

불편한 마음을 달래주기 위해서라도 진짜 작가가 되어야 했다. 책을 출간하는 데는 시간이 필요하다. 블로그에 매일 매일 글을 쓰기 시작했다. 로버타 진 브라이언트는 그의 저서 《누구나 글을 잘 쓸 수 있다》에서 다음과 같이 말했다. "작가는 오늘 아침에 글을 쓴 사람이다." 이 한 줄이 마음의 위로가 되었다. 더 이상 마음이 불편하지 않았다. 적어도 나는 오늘 아침에 글을 쓴 사람이다. 그렇게 내가 원하는 꿈에 걸맞은 사람이 되기 위해 노력하는 나날이 늘어갔다. 조금씩 꿈을 닮아가고 있다.

가슴에 꿈을 품어보고, 되고자 하는 사람이 되어 있는 나 자신을 상상해 보았다.

나는 항상 에너지 넘치고 긍정적이다.

나는 함께 있는 사람들에게 해피바이러스를 퍼뜨린다.

나는 책을 써서 더 많은 사람들에게 해피 바이러스를 전해 준다.

나는 글 쓰며 사는 삶 속에서 행복을 느끼는 행복한 꿈쟁이 작가다.

나는 책과 강연을 통해 나의 경험과 지식을 나누는 행복 메신저다.

이 상상 속에서 산다면 꿈을 모두 이룰 수 있다. 글을 쓰고 있는 지금 이 순간에도 이 책이 이미 완성되고 대형 서점의 선반에 꽂혀 있는 모습을 머릿속으로 생생하게 그려본다. 많은 사람들이 내 책을 들고 사인을 받기 위해 줄을 서 있다. 사람들에게 진심을 담은 사인으로 마음을 전한다. 책은 날개를 달고 내가 가지 못하는 곳을 날아다니며 나를 홍보한다. 내가 자고 있는 동안에도 누군가는 책을 통해 나를 만난다. 책, 블로그, 강연 등 여러 통로를 통해 독자와 진심으로 소통하며 행복한 시간을 보낸다.

실제로는 책의 3분의 2정도 밖에 쓰지 않았을 때부터 나의 상상 속에서 이미 이 책을 완성했다. 완성된 예쁜 표지의 책을 손에 들고 있다. 매일 책상 위에 놓인 완성된 내 책을 본다. 이러한 행복한 상상은 책 쓰기가 아무리 힘들고 외로운 작업이어도 끝까지 해낼 수 있는 원동력이 되어준다.

책 쓰기는 백미터 달리기가 아니라 고된 마라톤과도 같은 외로운 싸움이다. 하지만 책을 끝까지 써내지 못할까봐 두려워하거나 의심하지 않는다. 마음속에서는 책이 이미 완성되었기 때문이다. 하루하루 목표량을 채우기 위해 글을 쓰고 사례를 찾는 일을 즐거운 마음으로 하고 있다.

잠재의식 속에서 이미 행복한 작가의 삶을 살고 있다. 새벽에 알람이 울리기도 전에 눈을 뜨고 정신이 깨어나는 것은 의지가 아니라 상상이 훨씬 큰 역할을 한 것이다. 내가 이루고 싶은 모습을 생생하게 머릿속에 그리는 일은 의지보다 훨씬 강력한 힘을 지니고 있다.

평온한 일요일 오후, 집 근처에 있는 경기도교육청 산하 교육기관인 수덕원으로 나들이를 갔다. 산 속에 있는 그 곳은 아이들이 뛰어 놀기에 안성맞춤이라 종종 들르곤 한다. 건물 안에 들어갔다 대강당을 보았다. 신나서 남편에게 말했다.

"여보, 책 나오면 이곳에서 강연회 할래요. 지인들 초대해서 여기서 저자 강연회 겸 사인회 할래요."

"아 정말 그러면 되겠네. 오케이 그렇게 합시다. 얼른 책이 나오면 좋겠네요."

예전에 많이 왔던 곳이지만 한 번도 이런 생각을 해 본 적이 없다.

꿈을 꾸는 삶은 온 주파수가 꿈을 향해 재조정 된다. 아이들은 놀이터에서 뛰놀며 웃음소리가 떠나질 않았다. 가족들과 행복한 시간을 보내는 동안 나는 이곳에서 펼쳐질 나의 멋진 강연회를 행복하게 상상해 보았다.

이제 꿈쟁이 눈에는 그런 것만 보인다. 얼마 전 고삼재 연수원이란 곳에서 직장 워크숍을 했다. 호숫가에 위치한 강연장이었다. 강연장 안에서 넓게 펼쳐진 호수가 한 눈에 들어오는 정말 멋진 곳이다. 전에 보았던 수덕원은 산으로 막힌 산속이라 아늑한 느낌이 있지만 이곳은 풍경이 확 트인 매력이 있다. 워크숍이 진행되는 내내 앞에서 강연하는 내 모습을 생생하게 머릿속에 그려보았다. 집에 돌아와 또 남편에게 침을 튀기며 이 멋진 장소에 대해 이야기했다. 눈앞에 호수가 펼쳐진 그 곳에서 사랑하는 지인들 모시고 책에 담겨진 내 삶에 대해 이야기 나누련다.

호텔 벨 보이에서 시작해서 남극대륙을 제외한 세계 각지에 250여 개에 이르는 힐튼 호텔을 세운 콘라드 힐튼이 떠오른다. 그는 호텔 벨 보이 생활을 하면서도 이미 호텔의 사장이 된 것처럼 생각하고 행동했다. 그 결과 동료 직원들은 여전히 직원에 머물러 있을 때 힐튼은 큰 성공을 거둘 수 있었다.

이루고 싶은 꿈이 있다면 이미 이루어진 것처럼 상상하자. 내가 꿈꾸고 바라던 소망들이 이미 이루어졌다고 여기자. 원하는 현실을 얻기 위해서는 먼저 그 현실의 모습이 마음속에 단단히 자리를 잡아야 한다. 마음속에 일어나는 일은 나 혼자만의 영역이다. 그 누구의 눈치를 볼 필요도 없다. 현재 능력을 고려할 필요도 없다. 원하는 것을 마음껏 상상해 보자. 이미 이루어진 일에 행동은 자연스럽게 따라온다. 이미 이루어진 나의 눈부신 미래가 현재의 나를 가만 놔두지 않는다. 저절로 꿈을 향해 행동하는 삶으로 이어진다.

08 | 꿈은 나를
성장하게 한다

디자이너 가브리엘 코코 샤넬은 '삶에서 가장 소중한 것은 공짜다.' 라고 말했다. 공기나 햇빛은 대가가 없다. 그래서 소중함을 잊고 살아간다. 공기처럼 꿈도 공짜지만 인생에서 가장 중요하다. 어느 날, 꿈에 대해 생각하면서 꿈꾸는 삶이 얼마나 인생을 변화시킬 수 있는지 알게 되었다.

꿈이 꿈으로만 남아있을 때의 괴로움은 차라리 꿈 없이 살 때보다 더 힘들 수도 있다. 꿈은 가슴 속에 가득한데 아무것도 하지 않고 있으면 퇴보하는 느낌마저 든다. 이것에서 벗어나기 위해서라도 행동해야 한다. 우물 안이 전부인 줄 알았을 때는 그 안에서 행복을 느끼며 살 수 있다. 하지만 우물 밖에 나와 넓은 세상을 보았는데 할 수 있는 일이 아무것도 없다면 우물 안에서 보다 더 비참할 수 있다.

우리 아이들은 지금 엄마의 손길이 가장 필요한 때다. 엄마가 꿈을 향해 나아가면서 전보다 같이 해주는 시간이 줄어들어 마음이 아프다. 아이들에게 소홀해 진 것도 사실이다. 얼마 전 내가 염려했던 그 일이 터졌다. 글 쓰는 삶을 살게 되자 아무래도 글이 안 써지는 날에는 예민해 있을 때가 있다. 그런 날은 온 가족이 내 눈치를 보기 시작한다. 어느 날, 남편이 목소리를 깔고 나를 불렀다.

"당신 책을 쓰려는 이유가 뭐에요? 행복해 지기 위해서 아니었나요? 그런데 지금 이렇게 집안 분위기 엉망으로 만들어 놓고 행복을 깨뜨리고 있는 것 같은데요?"

남편의 한 마디에 정신이 번쩍 들었다. 본격적으로 글을 쓰기 시작하면서 내 꿈을 위해 하는 일이 많아졌다. 아이들에게 집중되어 있던 에너지가 분산되었다. 내가 지닌 에너지는 한정되어 있고 에너지가 내 꿈에 쏠리다보니 아이들에게 많이 소홀했다. 꿈이 있어 가슴은 다시 뛰었다. 아이 낳고 키우느라 미뤄두었던 내 꿈에 관심을 갖기 시작했다. 신났다. 행복했다. 사는 게 즐거웠다. 그런데 정작 중요한 가정이 삐걱거리기 시작했다. 자주 내 행복과 가족의 행복이 충돌했다.

요즘 내 삶의 화두는 '삶의 균형' 이다. 가정과 직장과 꿈의 균형을 찾으려 노력한다. 열정과 에너지를 분배하여 아이들이 깨어있는 시간에는 아이들에게 집중하려고 노력한다. 그리고 꿈을 충전하는 일은 아이들이 잠 들어 있는 새벽시간을 이용한다. 이렇게 삶의 균형을 조금씩 맞춰나가고 있다. 꿈을 찾는 길을 걷는 동안 끊임없이 시련이 찾아온다. 하지만 시련이 지나면 항상 더욱 단단해지고 성장한다.

꿈을 쫓아 살다보면 조금씩 성장한다. 성장하는 만큼 꿈의 크기도 점점 커진다. 전에는 평범한 직장인, 엄마라는 이름에 갇혀서 생각하는 대로 살지 못하고 사는 대로 생각하면서 살았다. '살다보면 좋은 날이 오겠지'라고 막연하게 생각했다. 꿈꾸고 행동하지 않으면 매일 똑같은 삶을 반복할 뿐이다.

인간에게는 무한한 잠재력이 있지만 책이나 강연 등 어떤 자극으로 인하여 내 안의 잠들어 있는 거인을 깨우지 못한다면 남들처럼 평범하게 살다 생을 마칠 수밖에 없다. 내가 꿈꾸는 삶은 책을 통해 세상에 나를 알리고 강연이라는 형태로 세상과 소통하는 것이다.

책이 출간되기 전에 독자와의 소통창구가 필요해서 블로그를 시작했다. 블로그를 하면서 생각지도 못했던 많은 사람들과 연결되었다. 일기장에 쓰는 글은 술술 써 지는데 블로그와 같은 오픈된 공간에 글을 쓰는 것은 어렵다. 보는 사람이 있어 잘 써야 한다는 강박관념이 있었다. 마음이 불순하면 한 줄을 쓰기도 힘들다. 내가 글을 쓰지 못하는 것은 '욕심' 때문이라는 생각이 들었다. 자기 이야기를 편하게 쓰라고 하면 못 쓸 이유가 없다. 원래는 내 실력이 이 정도인데 더 잘 쓰는 사람처럼 보이게 하고 싶은 그 마음이 문제다.

오랫동안 내 마음을 들여다보며 많은 생각을 했다. 그리고 용기를 냈다. 드디어 일기장에만 쓰던 속 마음을 블로그에도 썼다. 블로그에 진정을 담은 글을 썼다. 내 글이 누군가의 공감을 불러일으키고 또 위로가 되나보다. 내 삶에서 새로운 방식의 인연 맺기가 시작되었다. 지금까지 모르고 살던 세상이다. 새로운 세계에서 새로운 사람과 연결되는 행복을 맛본다.

블로그 글쓰기의 재미와 매력에 푹 빠져서 지냈다. 오늘 내가 어떤 글을 썼고 어떤 댓글들이 달렸다며 블로그를 하지 않는 남편에게 침을 튀기며 이야기하는 날들이 늘어갔다. 블로그에 들어가 아내의 글 좀 읽으라고 강요하기도 했다.

한 동안은 새벽에 블로그에 글을 쓰고 나면 그 이후의 시간동안 몇 분이 멀다하고 휴대전화를 만지작거리며 댓글과 공감을 확인했다. 블로그 글쓰기가 과시욕의 발로가 된 것은 아닌지, 타인을 지나치게 의식하게 만드는 것은 아닌지 끊임없이 나 자신에게 되물었다. 피곤했다.

그럼에도 불구하고 내가 중심을 찾아가야 해결되는 이런 사소한 문제를 제외하면 블로그 덕을 많이 본다. 먼저 생각한 것들을 계속 행동하게 하는 힘이 있다. 꾸준히 책을 읽고 독후감을 쓰게 하는 힘, 주중에도 자투리 시간을 이용해서 꾸준히 영어공부를 하고 늦잠을 자도 되는 토요일에도 늦잠을 포기하고 7시 20분에 방송되는 EBS 이지 잉글리시 복습 방송을 챙겨 듣게 하는 힘, 일주일 동안 공부 한 내용을 정리해서 올리게 하는 힘, 세 아이들의 너무 예쁜 모습들이 사라지기 전에 글과 사진으로 정리하게 하는 힘, 스쳐지나가는 내 생각들을 글에 담아두게 하는 힘이다. 이런 힘들이 있기 때문에 디지털 기기에 매달리는 내 모습이 걱정될 때도 있지만 블로그와 글쓰기의 불편하고도 행복한 동거는 계속되고 있다. 이 동거 속에서 꿈을 향해 힘차게 나아간다.

책을 읽고 꿈을 꾸면서 안개 속에 갇혀 있던 꿈이 명확해졌다. 꿈을 꾸자 내가 누군지 더 잘 알게 되었다. 나에 대해 공부했다. 내가 무엇을 잘 하는지, 그리고 무엇을 좋아하는지 알게 되었다. 그런 것들이 중심이 잡히고 명확해지자 세상의 시선에 휘둘리지 않고 온전한 내 모습으로 당당하게 살 자신이 생겼다. 자존감은 물론, 회복탄력성도 상승했다. 힘든 일을 겪어도 오뚝이처럼 일어선다.

현재와 다른 가슴 뛰는 삶을 원한다면 지금 이 순간 달라지기로 결심하자. 삶에 꿈을 심어보자. 밭에 씨앗을 심어도 바로 싹이 트지는 않는다. 꿈이 생겨도 당장 이루어지지 않는다. 꽃을 피우려면 물을 주고 거름을 주는 수고와 정성이 필요하다. 꿈을 이루려면 시간과 노력이 필요하다. 그 속에서 우리는 끊임없이 성장한다. 봄에 씨앗을 뿌리기만 하고 아무 행동도 하지 않은 사람은 가을에 거둘 것이 없다. 가슴 뛰는 꿈을 품었어도 꿈을 향해 계획을 세우고 실천하고 행동하지 않은 채 꿈 속 세계에서만 허우적댄다면 꿈은 가슴에 걸린 장식품 신세를 벗어나지 못한다. 꿈을 꾸고 구체적 계획 속에서 끊임없이 그 꿈을 이루기 위해 나아가자. 우리는 그 과정 속에서 성장한다. 꿈은 우리를 성장하게 하는 가장 큰 원동력이다.

PART

04

행복법칙은 나답게
살아가기이다

새벽 두 시간을 떼어 내어 가장 좋아하는 일을 하라.
하루를 좋아하는 일로부터 시작한다는 것 자체가 축복이며,
이로 인하여 하루 전체가 여유로워진다.

01 │ 하루 10분,
나를 사랑하는 연습

아침 시간을 잠을 자는 데 다 써버릴 것인지, 깨어서 많은 일들을
할 것인지의 결정에 따라 인생은 달라진다. 명확한 꿈이 나를 이끌어
주기 전에는 새벽에 일어나기가 힘들었다. 일찍 일어나 나만을 위한
시간을 갖고 여유롭게 아이들을 깨우고 아이들을 등원시킨 후 직장에
출근하고 싶었다. 현실은 늦잠을 자서 정신없이 아이들을 챙기고 출근
준비를 하느라 아이들에게 서두르라고 소리 지르면서 항상 발을 동동
굴렸다.

지금 나는 새벽 시간을 사랑한다. 새벽 시간이 얼마나 많은 삶의 변
화를 가져올 수 있으며 행복한 삶을 선물해 줄 수도 있는지 몸소 경험
하고 있다.

항상 시간에 쫓겨 몸과 마음을 들여다 볼 여유가 없었다. 이 세상에

서 가장 소중한 자신을 사랑하는 연습은 새벽에 눈을 뜨면서부터 시작된다. 처음에는 10분만 일찍 일어나 나를 사랑하는 연습을 했다. 단 10분 동안에도 정말 많은 일들을 해 낼 수 있다는 것을 알았다. 처음에 10분으로 시작한 새벽시간 활용은 점점 늘어나 지금은 두 시간을 온전히 활용한다. 어떤 날은 두 시간으로도 부족해서 더 일찍 일어나고 싶을 때도 있을 정도다.

성공한 많은 사람들은 새벽 시간을 이용해서 독서를 하거나 운동을 한다. 새벽 시간을 잘 활용하기로 유명한 구본형 소장은 다음과 같이 말했다.

"새벽 두 시간을 떼어 내어 가장 좋아하는 일을 하라. 하루를 좋아하는 일로부터 시작한다는 것 자체가 축복이며, 이로 인하여 하루 전체가 여유로워진다."

아침에 일어나 가장 먼저 스트레칭으로 온 몸의 세포를 깨운다. 매일 몇 분을 투자하여 운동을 시작하면서 건강뿐만 아니라 삶의 전반적인 자신감이 상승했다. 더 긍정적이고 에너지 넘치게 하루를 채워갈 수 있는 원동력이 되었다.

걷는 것을 좋아해 하루 30분 정도의 유산소 운동을 하고 싶었지만 글 쓰는 시간도 부족해 짧은 시간에 효과적으로 할 수 있는 운동을 찾았다. 어느 날, 딱 맞는 유용한 어플을 발견했다. 이미 전 세계인들의 마음을 사로잡은 '7분 운동' 이라는 어플이다.

이 어플은 불과 7분 만에 점핑잭, 푸시업, 크런치, 팔굽혀펴기, 벽에 등대고 앉기 등 전신운동을 마치게 해준다. 어플에서 음성과 운동 모습을 지원하기 때문에 따라 하기만 해도 충분한 운동이 된다. 7분 투자로 7년을 더 건강하게 살 수 있는 것 같다. 각 동작은 30초씩이다. 쉽지 않다. 세상에서 가장 긴 30초를 경험하게 될 것이다. 그만큼 짧은 시간만 투자해도 운동효과는 아주 크다. 시간이 없어 운동을 못 한다면 이 어플을 강력 추천한다.

대부분 사람들이 운동을 꾸준히 못하는 이유로 "시간이 없어서", "너무 피곤해서"를 든다. 하지만 적어도 '7분 운동' 에는 이 변명이 통하지 않는다. 단 7분으로 전신운동을 마치게 해 주고 피곤한 삶에 활력을 불어넣어 준다.

매일 새벽에 일어나 전신 운동을 한다. 운동 후 책상 앞에 앉으면 내가 꿈꾸는 미래가 명확한 사진으로 시각화 되어 있는 보물지도가 먼저 눈에 들어온다. 보물지도에는 이미 출간된 내 책이 사진으로 붙어 있다. 길게 늘어선 독자들에게 누구보다 행복한 모습으로 사인을 하고 있다.

그런 설레는 가슴을 안고 일기장을 펼쳐서 브레인스토밍 하는 기분으로 떠오르는 모든 생각들을 써 내려간다. 되고 싶고 하고 싶은 것,

그것을 이루기 위해 무엇을 어떻게 해 나가야 하는지, 오늘 하루는 어떻게 보낼 것인지 등등 정말 부담감을 떨치고 무조건 쓰고 또 쓴다. 그렇게 해서 1페이지의 분량 정도를 채우고 일기장을 덮는다. 이 때 일기장에 적어 내려간 아이디어를 이후 실제 원고를 쓸 때 많이 활용했다.

본격적으로 글을 쓰기에 앞서 책을 먼저 읽는다. 책은 글쓰기의 연료다. 명확하게 꿈을 그리고 자신감을 향상시켜주는 책을 읽고 또 내가 쓰고 있는 책의 주제와 부합하는 책을 읽는다. 처음부터 끝까지 차례로 정독해서 읽지 않아도 된다. 목차를 보면서 가장 관심 있는 부분부터 읽으면 되고 소제목만 보면서 가볍게 넘기다 마음에 꽂히는 문장은 정독하고 여백에 생각을 쓰기도 한다.

책에 마음껏 줄을 치고 동그라미를 치며 강조 표시를 하고 책장을 접고 여백에 내 생각을 적는다. 이렇게 책을 읽으면 정독하지 않아도 책장을 다 넘겼을 때 책을 꼭꼭 씹어 먹은 느낌이 든다.

블로그에 매일 글을 쓰겠다고 마음먹었다. 매일 아침 블로그에 접속해 이웃들의 글을 읽고 댓글로 마음을 나눈다. 감사일기, 일상의 생각, 독후감 등 쓰고 싶은 글을 쓴다. 하루 종일 공감과 댓글로 내 글은 더욱 풍요로워진다. 새벽에 심어 둔 행복의 씨앗은 하루 동안 활짝 피어나 행복과 감사가 넘치게 해 준다.

새벽에 눈을 뜨면서 이루고자 하는 명확한 목적과 구체적 목표를 떠올리며 잠재의식 속에서 이미 꿈을 이룬 모습을 심어둔다. 확신의 말을 하면서 간절히 원하는 모습이 이미 이루어진 것처럼 상상한다. 7분 운동을 통해 몸에 필요한 에너지를 충전하고 일기를 쓰면서 새벽에 반짝반짝한 아이디어를 일기장에 담아둔다. 독서를 하며 새로운 아이디어와 만난다. 이 모든 일은 새벽에 일어난다. 전에는 피곤해서 내 마음을 들여다보는 시간이 전혀 없었다. 하지만 이제는 그 동안 잃어버리고 살았던 새벽을 선물 받았다.

무심코 흘려보낸 아침 시간은 인생을 바꿀 수 있는 기회다. 새벽을 되찾으면서 하루가 행복해졌고 그런 행복한 하루하루가 모이자 삶 전체가 더 많이 행복해졌다. 나만의 시간을 갖고 꿈을 향해 살고 있는 지금, 이전보다 나 자신을 사랑하게 되었음을 말 할 것도 없다.

지금부터 할 수 있다. 하루 10분이라도 자신의 마음을 들여다보며 나를 사랑하는 연습을 해보자. 아침에 일찍 일어나는 것부터 시작하자. 처음부터 너무 큰 목표를 잡으면 쉽게 포기할 수도 있으니 처음에는 하루 10분만 더 일찍 일어나면 된다. 그러면 어느 날, 10분이 부족하다는 생각이 든다. 그러다 1시간, 또는 2시간이 인생에 보너스로 찾아와 줄 것이다. 하루 10분부터 시작해 보자. 아침이 있는 삶으로 바뀔 수 있다. 그리고 마침내 아침 시간에 하는 행동들이 모여 나의 삶 전체가 바뀌게 될 것이다.

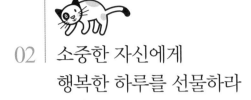

02 | 소중한 자신에게 행복한 하루를 선물하라

하루의 가치는 위대하다. 철학자 소포클레스는 "내가 헛되이 보낸 오늘 하루는 어제 죽어간 이들이 그토록 바라던 하루이다"라고 말했다. 그런 하루를 헛되이 보내서는 안 된다. 행복하려 노력해야 한다. 행복은 너무나 소중하지만 특별함만 좇으면 행복하기 어렵다. 행복은 특별하지 않다. 행복은 일상에 의한, 일상을 위한, 일상의 과정이다. 사소한 일상 속에서 어느새 행복은 손을 내민다. 행복하려면 마음만 조금 바꾸면 된다. 사랑스러운 빨강 머리 앤은 "가장 행복해지는 방법은 '작은 행복'을 '자주' 느끼는 데 있다"라고 말했다.

사람은 누구나 장점과 단점을 함께 가지고 있다. 나도 마찬가지다. 나의 장점을 부각시켜 바라봐 주고 칭찬을 해 주면 정말 행복하다. 어느 날, 내가 일하는 민원실에 할아버지 한 분이 토지대장을 발급하러 방문했다. 평소의 모습대로 웃으며 먼저 인사하고 할아버지의 요구 사항을 친절하게 해결했다.

할아버지는 "아가씨는 표정이 밝고 웃는 인상이라 민원실에서 일하기 안성맞춤인 직원인 것 같아요." 라고 칭찬을 해 주었다. 기분이 좋았다. 그렇게 기분이 좋았던 이유는 나의 장점이라고 생각했던 점을 딱 꼬집어 칭찬을 해 주었기 때문이다. 그런 말을 들으면 더욱더 웃는 얼굴로 다니려고 노력한다. 미소는 얼굴에 뿌리는 향수라는 말이 있다. 얼굴은 마음을 담는 그릇이다. 마음이 따뜻하고 행복한 사람은 특별히 노력하지 않아도 얼굴에 그 마음이 그대로 드러난다. 미소로 행복한 하루를 선물할 수 있다. 삶에 먼저 미소를 지어라. 그러면 삶도 당신에게 미소 지을 것이다.

민원실에서 근무 하면 항상 웃고 대하기는 어렵다. 공무원도 사람인지라 험한 말이나 무리한 요구에는 감정이 상한다. 하지만 감정을 겉으로 드러내면 안 된다. 내색하지 않고 맡은 일을 충실히 하는 게 원칙이다. 일종의 감정노동이다.

매일 사무실에 출근하는 민원인이 있다. 올 때마다 서류도 많이 신청해서 그 민원인이 방문하면 다른 사람의 대기 순번이 밀리게 된다. 다른 민원과 겹칠 때면 자칫하면 싫은 표정이 얼굴에 드러난다. 그래도 싫은 기색 없이 업무를 처리하기 위해서 마음을 다스린다. 나를 위한 애씀의 일환이다. 마음속의 감정을 그대로 표현하고 나면 결국 불편해지는 건 나이기 때문이다. 이른바 까다로운 민원인에게 더 친절하게 대하고 더 신속하게 일을 처리해 주면 민원인도 좋지만 결국 내가 편하고 뿌듯하다.

세상을 살다보면 사람 마음이 다 내 마음 같지 않다. 맞지 않는 사람과의 불화로 내 마음의 평화를 깨뜨릴 필요는 없다. 내가 까다롭고 힘든 민원인과 더 잘 지내는 이유다.

행복하려면 노력이 필요하다. 외부 상황 탓이 아니라 내 마음이 그 상황을 어떻게 바라보느냐에 따라 마음의 평온이 깨지기도 하고 유지되기도 한다. 행복을 원하면 순간순간 마음을 가꿔야 한다. 이런 순간이 모여 하루가 만들어진다. 그리고 이 하루가 모여서 내 삶을 만든다. 하루하루를 아무렇게도 보낼 수 없는 이유다. 매일이 행복할 수 있도록 작은 노력부터 해야 한다.

새벽에 일어나 신달자 시인의 《나는 마흔에 생의 걸음마를 배웠다》를 읽었다. 이 책은 뇌졸중으로 쓰러진 남편을 24년간 수발하며 시어머님과 어머니의 죽음, 본인의 암 투병까지. 이 모든 삶의 지난한 과정중에서도 삶과 문학에 대한 열정으로 한 자 한 자 써 내려간 깊은 상처를 고백한 책이다. 이 책을 읽으며 어머님 생각이 많이 났다. 평생 성격이 잘 맞지 않는 아버님 옆에서 늘 아프고 불안한 시간들을 보낸 분이다. 책 한 권을 더 사서 어머님께 선물했다. 그 다음 날 새벽, 글을 쓰고 있는 데 어머님으로부터 메시지가 도착했다.

"책을 손에서 놓을 수 없을 만큼 실감나는 내용이었다. 끝이 아닌 이 위치에서 읽은 게 참 다행이다. 작가의 후회를 생각해보며……. 몸서리처지는 아내의 자리가 부럽다는 그 말 속에서 나중에 후회남지 않게 살아야겠다는 생각을 해 본다. 어멈은 엄마와 동반자 같구나. 고맙다는 말은 모자랄 것 같고 책을 당분간 옆구리에 끼고 살아야 될 것 같구나. 사랑한다. 어멈."

책을 좋아하는 어머님 덕분에 우리는 같은 책을 읽고 서로 마음을 나누는 동반자의 삶을 살아간다. 참으로 감사하고 행복한 일이다.

책을 쓰겠다고 마음먹기 전에는 스타벅스에 가본 적이 없다. 바빠서 커피숍에 갈 여유도 없었지만 스타벅스 커피는 비싸다는 생각에 갈 생각조차 하지 않았다. 한 끼 식사 값과 맞먹는 돈을 커피 한 잔에 쓰는 것은 사치라고 생각했다. 그 돈으로 차라리 배부르게 해 줄 맛있는 음식을 먹고 싶었다. 내 삶은 항상 뭔가에 쫓기는 듯 했다. 잠자는 시간을 아무리 줄여도 항상 시간이 부족했다. 매일 구질구질한 일상을 꾸역꾸역 살아냈다. '커피 한 잔의 여유' 조차 나 자신에게 선물하지 못했다.

글 쓰며 사는 삶을 살며 처음으로 스타벅스에 갔다. 집에서도 쓸 수 있고 도서관을 이용할 수 있지만 스타벅스라는 장소만의 매력이 있다.

책 읽기에 적절한 조명과 잔잔한 음악, 워드 작업하기에 딱 알맞은 의자와 책상 높이도 마음에 든다. 각 자리마다 콘센트가 설치되어 있어서 장시간 노트북을 사용하는 내게 안성맞춤이다.

커피를 마시며 책을 읽고, 생각에 잠기고, 메모하고, 책을 쓰면서 달라진 인생을 미리 느낀다. 꿈으로 더 나아간다. 이제 나는 이곳에서 꿈 너머 꿈을 생생하고 그리고 있다.

비싼 스타벅스는 사치일 수 있다. 하지만 글쓰기 적합한 공간과 오래 있어도 눈치를 보지 않아도 되는 분위기를 생각하면 비싸다고 생각하지 않는다. 또 창업자인 하워드 슐츠의 철학을 엿볼 수 있어 좋다. 스타벅스에 마케팅 담당자로 입사하여 CEO의 자리까지 올라간 그는 늘 "무언가 시작하려 할 때, 그 꿈을 꿀 수 있는 용기만 있다면 그 즉시 시작하라."라고 말했다.

내 경험에 비춰보더라도 미국의 사회학자 레이 올든버그가 제시한 '제 3의 공간' 이론은 근거가 있다. 삶에는 크게 두 개의 주된 공간이 있다. 제 1의 공간은 가정이고 제 2의 공간은 직장이다. 행복한 사람에게는 제 3의 공간이 있다. 그가 말하고 있는 제 3의 공간은 격식과 서열이 없는 곳, 소박한 곳, 수다가 가능한 곳, 출입이 자유로운 곳, 음식이 있는 곳인데 카페, 서점, 바, 헤어살롱, 각종 커뮤니티 등을 들 수 있다.

제 3의 공간을 가진 사람이 일상에서 행복해질 가능성이 높다. 어떤 사람에게는 커피숍이 될 수도 있고 운동하는 공간이 될 수도 있다. 어디든 상관없다. 행복해 지기 위한 자신만의 공간을 찾아보자. 꿈을 꾸고 꿈을 생생하게 그리고 꿈을 실천하기에 나에게 딱 맞는 장소가 분명히 있다. 내게 스타벅스는 제 3의 공간이다. 나의 아지트가 생긴 뒤 일상에서 더 많은 행복을 느끼고 있다. 소중한 자신에게 아지트를 선물하라. 아지트에서 하루하루 설레고 행복한 시간을 만끽하자.

하루에는 모든 가능성이 깃들어 있다. 하루를 소중히 다루자. 이렇게 보낸 하루가 모여 인생 전체가 빛나게 된다. 하루를 사는 사람은 자신이다. 인생은 자신이 만든다. 가장 아끼고 사랑해야 할 사람은 자신이다. 늘 지켜주고, 보듬어 주며, 위로하고 격려해 주어야 할 사람이고 세상에서 가장 소중한 존재다. 세상 누구보다 행복하게 해 주어야 할 사람이다. 소중한 자신에게 행복한 하루를 선물하라.

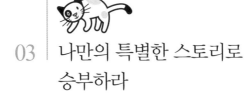

03 | 나만의 특별한 스토리로 승부하라

누구나 인생 스토리가 있다. 세상에 똑같은 인생을 사는 사람은 없다. 스스로 자신의 인생을 낮게 평가할 뿐 인생은 이미 위대하다. 공무원의 스펙이 점점 더 올라가고 있다. 명문대 나와서 공무원 시험을 준비하기도 하고 토익 만점자도 공무원이 되려고 준비한다. 이처럼 공무원들의 스펙은 예전보다 엄청 올라갔다.

그에 비하면 나의 스펙은 평범하다. 지방대를 졸업하고 영어를 전공했지만 직장 생활에 크게 도움이 되지 못했다. 영어를 전공하지 않았다면 영어를 조금만 할 줄 알아도 높게 평가한다. 반면 영어를 전공했다면 기대치는 높다. 그 시선에 주눅이 들고 아이 낳고 키우며 영어에 노출될 기회가 없어지자 실력과 자신감은 급속히 하락했다. 영문과 출신임을 일부러 감추기까지 했다.

그래도 매일 영어회화 방송을 듣고 녹음해서 하루에 한 단락씩 외우며 영어에 대한 감을 잃지 않으려고 노력했다. 영어를 엄청 잘 하지는 않았지만 잘 할 수 있을 것 같고 잘 해야만 한다는 의무감이 있었다. 영어를 놓지 않으려고 했던 이유는 스펙에 기대어 비상하고 싶은 마음에서 비롯된 것이 아닐까. 하지만 스펙으로 인생에 승부를 걸기에 나의 스펙은 보잘 것 없었다.

이제는 스펙이 아닌 나만의 스토리로 인생을 걸어보려고 한다. 요즘 내 화두는 책 쓰기다. 책 쓰기로 특별한 스토리를 만들고 있다. 내 삶은 책 쓰기를 시작하기 전과 후로 나뉜다. 책 쓰기는 내 인생을 송두리 째 바꿔놓았다. 책을 쓰는 과정 속에서 평범한 공무원으로만 살았다면 도저히 알지 못했을 인생의 또 다른 풍부한 매력에 빠지게 되었다. 작가라는 삶을 끼워놓자 내 인생은 훨씬 풍요로워졌다.

지금은 여러 인생을 동시에 산다. 아침에 출근하여 낮에는 공무원으로 직원들과 어울리며 직장생활을 한다. 집에 돌아오면 어린이집에 다녀온 세 명의 아이들을 돌보는 전쟁 육아에 돌입한다. 일곱 살, 다섯 살, 네 살인 아이 세 명이 있는 우리 집은 그야말로 전쟁터가 따로 없다. 전쟁은 아이들이 잠이 드는 10시까지 계속된다. 퇴근 후 잠들 때까지 앉아있을 시간조차 없다. 지금까지 결혼과 육아, 일 사이에서 부단히도 애를 쓰며 마음의 중심을 잃지 않기 위해 노력하며 살았다. 이러한 정신없는 삶에서 나 자신만을 위한 시간은 없었다. 워킹 맘들이 대부분 그렇듯 나를 챙길 시간은 전혀 없다.

지금은 그런 삶 속에서 나를 위한 시간을 마련했다. 새벽이 되면 작가로써 삶을 살아간다. 새벽에 글을 쓰기 위해 자리에 앉아 하루 중 먼저 자신만을 위한 시간을 가진다. 그 시간은 또 다른 나를 만나는 시간이다. 내 삶을 들여다보고 내 삶 속의 경험과 지식을 끄집어내며 글을 써 내려간다. 책을 쓰면서 내면에 있는 '나'와 진지한 대화를 나눈다. 그 과정 안에서 삶을 더욱 풍요롭게 채우고 앞으로 살고 싶은 인생의 모습도 그린다.

처음 책을 쓰기 시작한 사람이라면 누구나 걱정과 두려움에 사로잡힌다. 하지만 일단 쓰기를 시작하면, 많은 부분들이 저절로 해결된다. 중요한 건 걱정하고 두려워하기를 그만두는 것이다. 일단 쓰라. 두려움은 떨쳐버리고 일단 쓰라. 쓰기만 하라.

길거리 돌멩이처럼 생각하는 당신만의 하찮은 스토리도 분명 특별함을 품고 있다. 이제 독자들은 평범한 옆집 사람의 성공한 스토리를 궁금해 한다. 평범한 사람이 책을 쓰고 성공한 공감 되는 스토리가 독자들의 마음을 움직인다. 세상은 당신의 스토리를 기다리고 있다.

책 쓰기를 시작하기 전에도 글을 쓰는 일은 내 삶의 일부였다. 중학교 때부터 시작해서 성인이 된 지금까지도 거의 하루도 빼놓지 않고 일기를 쓴다. 아이를 출산하던 날도 일기를 썼다. 첫 아이를 새벽 2시에 낳았는데 출산 후 4시간 정도 자고 일어나 내 인생의 경이로운 경험을 일기장에 그대로 적었다. 어머님은 손목이 약해져서 지금 그렇게 글씨를 쓰면 안 된다고 나중에 쓰라고 했지만 시간이 흐르면 그때의 감동과 흥분이 사라질까봐 일기장을 펴고 바로 써 내려갔다.

기록의 힘은 위대하다. 일기장에 기록해 놓지 않았다면 그냥 힘들게 아이를 낳던 한 장면이 그냥 내 기억 속 어딘가에 머물러 있을 뿐이었을 것이다. 아이 낳던 날을 일기장에 기록한 덕에 지금 읽어도 7년 전 느꼈던 진통과 처음으로 아이와 만나던 그 경이로운 순간이 그대로 눈앞에 그려진다. 그 때 느낀 감정 하나하나가 다 되살아나고 모든 장면이 생생하게 떠오른다.

글쓰기는 삶의 일부였지만 책 쓰기와 일기 쓰기는 엄연히 다르다. 일기는 자신에게 속삭이는 것임과 동시에 나에게 귀를 기울이는 일이다. 일기를 쓰는 동안 세상으로부터 조금 떨어져 앉은 듯이 내 마음을 물끄러미 들여다 볼 수 있어서 행복했다.

책 쓰기는 내 삶뿐만 아니라 다른 사람의 삶도 다독일 수 있어야 한다. 내가 느끼는 행복이 글을 통해 다른 사람에게도 전해져야 한다. 내 경험담을 풍부하게 담아내면서 독자에게 전달할 메시지가 명확하게 있어야 한다.

책 쓰기에서도 중심을 잡는 일이 중요하다. 내 글이 자꾸 보잘 것 없는 일기장 같다는 생각에 다른 사람의 생각을 인용하고 짜깁기 하다

보면 그 글은 분명히 독자에게 외면당하고 만다. 내가 보기에는 아무리 일기처럼 느껴지고 보잘 것 없어 보여도 나의 경험담이 특별한 스토리가 된다.

내 경험담을 옆집 언니가 어깨 토닥토닥 하면서 들려주는 것처럼 진솔하고 실감나게 써야 한다. 내 스토리가 아무리 하찮아 보일지라도 부끄러워하지 않고 그 경험을 독자들과 나눔으로써 진실해진다면 보잘 것 없는 경험도 누군가에게는 희망이 되며, 특별한 스토리가 될 수 있다. 다른 사람과 비교하지 말고 내가 처해 있는 삶을 한 줄 한 줄에 담아내면 된다. 글쓰기는 모든 사람에게 공평하다.

처음 블로그를 시작 했을 때, 엄청나게 멋진 글과 사진들로 장식된 이웃들의 글들을 보고 주눅이 들고 말았다. 어쩌면 이렇게 전문가들이 많은지 나와 같은 초보는 발 디딜 틈이 없어 보였다. 아무도 내 글을 읽을 것 같지 않았다. 하지만 처음 시작할 때 0명이었던 이웃은 1년 사이 2,000명을 향하고 있다.

며칠 전에 올린 '내가 몰랐던 블로그 세상' 이라는 글을 통해 블로그를 하면서 느낀 감정을 진솔하게 담았다. 그 날 이웃 신청이 많이 들어왔다. 사람 마음은 다 똑같다. 내가 먼저 솔직한 글을 쓰자 사람들도 경계심을 풀고 이웃이 되었다. 이웃의 숫자는 중요하지 않다. 글로 소통하는 사이가 가치가 있다.

가끔 매일 보는 직장동료보다 얼굴 한번 본 적 없는 블로그 이웃이 더 가깝게 느껴진다. 블로그 이웃은 서로의 속마음을 글에 담아 서로를 드러낸다. 고고한 전문적인 글보다 평범한 자신의 스토리가 뒤엉킨 평범한 글이 공감을 불러일으킨다.

어느 대학을 나왔고, 직업이 무엇인지 하는 스펙은 중요하지 않다. 가장 나다운 모습으로 나만의 길을 찾아 걸어가는 것이 중요하다. 나만의 스토리를 만들어가는 삶은 안정적인 울타리에 갇혀 편안함만 추구하는 것이 아니다. 새로운 일에 계속해서 도전하고 다양한 경험을 하려고 노력하자. 새로운 세상을 온 몸으로 만나다 보면 자신만의 특별한 스토리가 만들어 진다. 매 순간 순간을 스토리로 만들고 나만의 특별한 스토리가 승리하는 인생을 살자.

04 | 행복한 여자의 마음습관

내가 사는 곳은 경기도 안성이다. 남편의 직장은 수원이다. 남편은 안성에서 수원까지 매일 출퇴근 한다. 거리가 멀어 일찍 집을 나선다. 매일 1시간 정도 운전하여 출퇴근 하는 일이 쉽지는 않다.

얼마 전 일이다. 평일임에도 남편이 해야 할 일이 있어 출근을 하지 않았다. 어제 밤부터 '내일 아침에 남편이 좀 도와주면 평소처럼 그렇게 바쁘진 않겠네.' 라는 생각을 하며 평소보다는 여유로운 아침을 기대했다.

아침 시간, 발을 동동거리며 아이들 옷을 챙겨 입히고, 아이들 입에 밥을 넣어주고, 동시에 세수까지 시키며 바쁘게 움직이고 있었다. 그 순간 안방에서 휴대전화로 무언가를 보고 있는 남편이 눈에 들어왔다. 순간 화가 머리끝까지 치밀어 올랐다.

"아이들 밥 좀 먹여요. 지금 나 바쁜 거 안 보여요?"

"20분 후면 아이들 어린이집 가는데 아이들 가고 나서 보면 안 돼요?" 라는 짜증 섞인 말이 입 밖으로 튀어 나오려고 하는 것을 겨우 참았다. 마음을 다스리며 남편 마음 상하지 않게 말 할 기회를 엿보고 있었다.

막내가 밥을 먹다 말고 안방의 아빠 곁으로 가자 나는 자연스럽게 "여보, 민유 얼른 부엌으로 와서 밥 먹으라고 해요." 라고 부드럽게 이야기 했다. 그러자 남편이 얼른 보던 휴대전화를 내려놓고 막내를 안고 부엌으로 온다. 식탁에 놓인 주먹밥을 본 남편이 "우와 애들아, 아침에 바쁜데 엄마가 주먹밥 만들어 주셨네!" 라고 말했다.

그 말을 듣자마자 때는 이때다 싶었다. "지금 내가 조금 바빠서 그러는데 당신이 나머지 주먹밥 좀 만들어줘요."라고 말했다. 남편은 전혀 기분 나빠하지 않고 흔쾌히 "그래. 그래" 라고 말하고는 바로 주먹밥을 만들어 애들을 먹였다.

행복에도 노력이 필요하다. 내가 마음을 다스리지 않고 휴대전화만 보고 있는 남편을 향해 올라 왔던 서운한 감정을 그대로 내뱉었다면 우리의 행복한 아침 풍경은 산산 조각 나고 말았을 것이다. 평소에 나혼자서도 잘 해오던 사소한 일 때문에 말이다. 부부싸움의 발단은 대개 이러한 미묘한 감정싸움에서 시작된다. 발화점에서 내 마음을 어떻게 쓰느냐에 따라 바로 불을 끌 수도 있고 큰 불로 번지게 할 수도 있다.

매 순간 정말 짜증나게 하는 자잘한 일들이 있다. 그 일에 쉽게 흥분해서는 안 된다. 내가 바로 화를 냈다면 남편의 마음을 상하게 하고 그 말을 뱉은 나도 하루 종일 부정적인 감정에 휩싸여 있었을 것이다. 중요하지도 않는 사소한 일 때문에 화를 내고 하루를 망치는 것은 어리석인 일이다. 매 순간 마음을 잘 다스려 마음의 행복을 지켜야 한다.

에릭 블루멘날은 저서 《1% 더 행복해지는 마음 사용법》에서 다음과 같이 말하고 있다.

"지금 이 순간 당신 주변의 사람들을 떠올려 보세요. 그 사람들이 얼마나 소중하고 나는 그 사람들을 얼마나 아끼고 사랑하는지. 그리고 그 사람들에게 얼마나 많은 마음의 빚을 갖고 있는지 찬찬히 생각해 보세요. 사랑만 해도 모자랄 시간에 작고 사소한 것 때문에, 혹은 나의 알량한 자존심 때문에 다투고 화내고 고함치며 서로 미워하기라도 하는 것처럼 으르렁댔던 그 순간들을요."

평소에는 남편의 도움 없이 혼자 알아서 잘 하는 일인데 남편이 옆에 있으니 순간 의지하고 싶은 마음이 들었다. 남편의 입장에서 생각해 보면 오랜만에 아침 일찍 출근하지 않아도 되니 홀가분한 마음에 그 시간의 자유로움을 만끽하고 싶었을 것이다. 내가 만약 남편의 입장이었더라도 오랜만에 쉬는 날, 힘든 아내 도와줘야지 하는 생각보다 나도 조금 쉬고 싶다는 생각이 먼저 들었을 것이다. 상대방의 말이나 행동 때문에 마음이 언짢아 지면 언제나 그 사람 입장이 되어 생각해 보면 감정이 상할 일도 이해하지 못할 일도 없다.

"남에게 대접 받고자 하는 대로 남에게 대접하라"

"남이 너에게 하지 말았으면 하는 것은 너도 남에게 하지 말라"등 역지사지의 중요성을 말하고 있는 명언들이 많다. 하지만 사람은 역지사지의 마음으로 모든 문제가 해결된다는 것을 알면서도 역지사지를 어려워한다. 사람은 자신의 관점으로만 세상을 바라본다.

우리 부부는 첫 아이 임신하고 보건소에서 운영하는 임신출산 교실에 참여했다. 수업 중 남편에게 임산부 체험 띠를 착용하게 하는 활동이 있었다. 임산부 체험을 해 보았다. 양수까지 7kg의 무게를 뱃속에 담고 다녀야 하는 아내를 조금이라도 이해하기 위한 것이다. 무거운 체험 띠를 착용하고 앉았다 일어나 보기도 하고 누웠다 일어나 보기도 했다.

그 체험이 끝난 후 남편은 처음 입는 순간 생각보다 너무 무거워서 놀랐다고 했다. 그리고 움직이려고 할 때마다 익숙하지 않은 것이 배에 붙어 있어서 어떻게 움직여야 할지 당황했다고 한다. 또 직접 경험해 보니 아내가 왜 바로 누워 잘 수 없었는지도 이해가 된다고 말했다.

체험 전에는 단순히 '아내 몸이 무거워 힘들겠구나.' 라고 생각하는 정도였는데 실제 체험해 보니 생활하면서 불편하고 힘든 점이 한 두 가지가 아니겠구나, 라는 마음에 본인이 더 잘 해 줘야겠다고 마음을 먹었다고 한다.

체험 후 전보다 더 '왕비' 로 대접받으며 뱃속의 아기와 행복한 시간을 보냈다. 사람은 이렇게라도 남의 입장을 체험하고 나면 상대방을 더 잘 이해하게 된다. 역지사지로 모든 문제를 해결할 수는 없지만 상대방의 마음을 열 수 있는 가장 좋은 방법이다.

직장생활 속에서도 역지사지 하는 마음이 중요하다. 상사의 눈으로 나를 바라보면 어떤 부하직원의 모습이 더 마음이 가고 듬직한지 스스로 알게 된다. 사무실 출근하자마자 제일 먼저 하는 일은 과장님과 사무실 동료들에게 활짝 웃으며 인사하는 일이다. 내가 웃는 얼굴로 인사를 하면 대부분의 직장 동료들도 환한 미소로 화답한다. 따뜻한 미소와 인사로 행복한 아침이 시작된다.

나는 인사를 매우 중요하게 생각한다. 내 아이들에게도 인사는 허리 굽혀 예의바르게 하라고 가르치고 실천하도록 한다. 엘리베이터에서 만나는 이웃 주민들은 항상 공손하게 허리 굽혀 인사하는 우리 아이들을 기특해한다.

"마음의 문을 여는 손잡이는 마음의 안쪽에만 달려있다"라는 말이 있다. 다른 사람의 마음의 문을 밖에서 억지로 열려고 하면 그 문은 부서지고 만다. 다른 사람의 마음의 문을 여는 유일한 방법은 바로 내 마음의 문을 그 사람을 향해 먼저 여는 것이다. 상대가 마음을 열지 않으면 어쩌나 고민하기 전에 내 마음의 문부터 열자. 내 마음을 열지 않으면 상대방은 내 마음의 한 귀퉁이도 보지 못한다는 것을 기억해야 한다.

마사워싱턴은 다음과 같이 말했다.

"나는 내가 처한 상황과 관계없이 항상 쾌활함과 행복함을 유지한다. 나의 행복이나 절망은 환경에 따른 것이 아니라 내 성향에 달려있음을 경험으로 배웠기 때문이다."

누구나 좋은 마음습관과 나쁜 마음습관을 동시에 가지고 있다. 머릿속에는 항상 많은 고민과 생각을 가지고 있다. 그것들은 마음습관이 어떠하냐에 따라 행복한 결말을 이끌어 낼 수도 있고 결국 불행한 결말을 초래 할 수도 있다. 행복의 시작은 외부적 상황이 아닌 바로 나의 마음에서 부터다. 감정도 일종의 습관이다. 행복해지려면 행복한 마음습관을 가져야 한다.

05 | 행복의 비밀, 감사하기

"그렇게 말씀해 주셔서 감사합니다."

"도와주셔서 감사합니다."

시청 민원실에서 일 할 때다. 일의 특성상 하루에도 수많은 사람들을 만난다. 일하면서 항상 미소를 짓고 친절하게 대하려 노력한다. 민원인의 작은 배려에도 항상 감사의 표현을 한다. 그러면 민원실에 들어올 때는 표정이 좋지 않았던 사람들도 어느새 표정이 밝아진다. 그리고 민원을 해결하고 돌아갈 때 "친절하게 안내해 주고 업무 처리 잘해 줘 고마워요."라고 말한다. 그런 칭찬을 들으면 내 마음도 환하게 밝아진다.

민원서류를 발급받으러 방문한 사람 중에 감사하고 배려하는 따뜻한 온기가 느껴지는 사람도 있고 겨울바람보다 더 차가운 냉기가 느껴지는 사람도 있다. 간혹 일이 해결되면 뒤도 쳐다보지 않고 돌아가는 민원인도 있다. 단순한 일이었다면 덜하지만, 시간이 걸리고 여기저기 뛰어다녀 민원인의 일을 해결해 줬는데 수고했다는 말도 못 들으면 서운하다. 물론 공무라는 것이 고맙다는 말을 들으려고 하는 건 아닌 줄 안다. 그래도 사람인지라 열심히 해결했는데 인정을 못 받았다는 느낌이 들 때도 있다. 그러면 행복한 기운을 받지 못하고 기운이 빠진다.

웃는 얼굴과 "감사합니다"라는 말은 상대방에게 행복을 전염시키는 행복바이러스다. 나는 오늘도 밝은 미소와 감사하다는 인사를 잊지 않는다. 항상 감사하는 마음을 표현하는 것이 중요하다고 생각한다.

미국의 심리학자인 맥클러 박사는 3주 동안 300명의 사람을 100명씩 세 그룹으로 나눠 첫 번째 그룹은 오늘 일어난 일을, 두 번째 그룹에게는 오늘 기분 나빴던 일을, 세 번째 그룹에게는 오늘 감사했던 일을 모두 적게 했다. 그랬더니 세 번째 그룹은 실험 기간 동안 스트레스를 거의 받지 않았고 아픈 사람도 없었으며 오히려 행복했다는 결과가 나왔다. 반면 두 번째 그룹은 다른 때보다 친구들과 자주 다퉜고, 위장질환이 생긴 사람들도 있었다.

감사한 마음을 표현하면 생각이 긍정적으로 바뀌고 자존감을 높이는 데 효과적이다. 또 다른 사람보다 행복하다고 느낀다. 나는 아이들에게 일상 속 작은 일에도 항상 '감사합니다.', '고맙습니다!' 라는 말을 할 수 있도록 가르친다.

감사를 표현하는 것도 연습해서 습관이 되어야 한다. 요즘 한창 말을 배우고 있는 네 살 배기 막내도 누나와 형을 보고 배워 감사할 일에는 반드시 "고마워"라고 말한다. 정말 기특하고 귀엽다. 사소한 일에도 늘 고마움을 말로 표현하는 우리 집엔 '고마워'란 단어가 늘 집안 분위기를 훈훈하게 만든다. 내 아이들이 더 많이 배우고 똑똑해 지는 게 중요한 것이 아니라 매사에 감사할 줄 알며 늘 행복하게 살기를 바란다. 행복한 사람들은 '감사합니다.'라는 말을 입에 달고 산다. 감사할 줄 모르면서 행복한 사람은 별로 없다.

삶이 늘 좋은 일만 일어나면 좋겠지만 힘든 일도 있고 일어나지 말았어야 할 일도 분명히 일어난다. 얼마 전, 막 샤워를 마치고 나온 직후 막내를 씻기려고 화장실로 향했다. 막내를 안고 화장실로 들어가는데 물을 미처 닦지 못해 바닥에 물이 흥건했다. 한 발자국 내딛는데 '꽈당!' 하고 미끄러졌다. 두 아이들이 엄마 넘어졌다고 소리치며 아빠를 불렀고 내 품에 안긴 막내는 자지러지게 울었다. 급하게 뛰어 온 남편에게 막내를 안겨 주었다. 나도 너무 아팠지만 막내의 울음소리가 심상치 않아 내색도 못했다.

아이는 한참이 지나 진정되었다. 나도 겨우 몸을 일으켰다. 시간이 지나면서 막내의 발이 부어올랐다. 아프다며 걷지도 못했다. 다음날 병원에 갔더니 발등의 뼈가 골절 되었다고 했다. 반 깁스를 하고 집에 돌아왔다. 나 때문에 아이가 다친 것 같아 미안하고 마음이 아팠다. 이런 나에게 만약 남편이 "좀 조심 해야지. 엄마가 왜 이렇게 덜렁 대?"라고 말했다면 나는 더욱 자책하며 괴로워했을 것이다.

남편은 그렇게 말하는 대신 "엄청 세게 넘어졌는데 민유도 이만하면 많이 다친 것 아니고 당신도 안 다쳐서 정말 감사한 일이다."라고 말해 주었다. 더 나쁜 상황이 일어나지 않았음을 감사하는 남편에게 감동했다. 남편의 말에 바짝 긴장했던 내 마음이 눈 녹듯 녹았고 이렇게 배려심 깊고 따뜻한 남편이 곁에 있어 감사했다.

에이미 반더빌트는 "감사하는 법을 배울 때 우리는 인생에서 나쁜 일이 아니라 좋은 일에 집중하는 법을 배우게 된다."라고 말했다. 내 가족에게는 일어나지 않았으면 좋았을 나쁜 일임에 분명하다. 하지만 그 나쁜 일에 집중하며 서로를 비난하거나 상처 주는 대신 서로를 보듬고 더 크게 다치지 않았음을 감사하는 마음으로 나눴다. 감사하는 마음이 강할수록 삶에 감사할 일이 더 많이 생긴다.

감사하는 마음은 저절로 생기지 않는다. 감사하는 법도 배워야 한다. 감사에도 근육이 있다. 꾸준한 운동을 통해 몸의 근육을 만들 수 있듯이 매일 매일 감사하는 말을 하거나 감사 일기를 쓰면 감사 근육이 길러진다. 감사일기가 꼭 거창할 필요는 없다. 무엇이 어떻게 왜 감사한지 간단하게 적으면 된다. 아침에 5분만 투자하여 감사 일기를 쓰면 하루가 행복하다. 행복 하고 싶으면 감사 일기를 써 보자.

혼자 하면 매일 지속하기 어려우니 블로그와 같은 오픈된 온라인 공간에 감사 일기를 쓰는 것도 좋은 방법이다. 공개된 공간에 쓰는 감사 일기는 서로에게 긍정적 기운을 전염시킨다. 오늘 아침에 내가 운영하는 블로그에 감사 일기를 썼다. 감사 일기를 통해 삶에 대한 감사가 넘치고 있다는 이웃들의 공감과 댓글은 삶에 행복을 더해준다. 다음은 오늘 아침에 적은 감사일기의 내용이다.

첫째, 3시 50분…오늘도 어김없이 알람이 울리기도 전에 정신이 먼저 깨어납니다. 명확한 꿈을 가슴에 품고 온전히 이 새벽시간을 누릴 수 있음에 감사합니다.

둘째, 세탁기 돌린 기저귀가 터지지 않아서 정말 감사합니다.

셋째, 블로그 이웃들과의 소통은 이제 제 삶에 빼놓을 수 없는 행복하고 감사한 일상이 되었습니다. 블로그라는 공간에서 새로운 인연을 만나고 글로 소통할 수 있음에 감사합니다.

넷째, 우리 아이들 아프지 않고 건강함에 감사합니다.

다섯째, 오늘도 감사 일기 쓰면서 감사하는 마음 가득 채우며 하루를 시작할 수 있음에 감사합니다.

나는 성격이 꼼꼼하지 못하고 덜렁댄다. 덜렁대는 성격 탓에 가끔 사고를 친다. 얼마 전 아이들 옷을 세탁을 할 때 옷에 딸려온 기저귀를 골라내지 못하고 옷과 함께 세탁기에 넣어 돌리고 말았다. 기저귀가 터져 함께 넣은 옷에 엉겨 붙어 그걸 떼 내느라 생고생을 했다. 이런 적이 한 두 번이 아니다. 이번에도 신경을 쓴다고 썼는데 또 기저귀가 따라 들어갔다. 그런데 기저귀가 바자가랑이에 껴서 풍선처럼 부풀어 올랐을 뿐 터지지 않았다. 얼마나 감사한 일인가. 감사한 마음이 나를 타박하던 마음을 덮었다. 자책 대신 두 번 다시 그러지 않겠노라고 굳게 결심했다.

감사 일기를 쓰면서 감사한 일을 찾다보니 내 삶에 감사할 일이 참 많다는 생각이 들었다. 아이가 셋이다 보니 감기, 수족구병, 구내염 등 세 명이 번갈아 가면서 잔병치레를 한다. 아이들이 아프지 않고 건강하기만 해도 감사하는 마음 가득하다.

감사하면서 살면 행복하다. 아침에 일어나서 쓰는 감사 일기는 행복한 하루를 끌어당긴다. 일과 중에 하는 감사는 순간순간 감사를 더한다. 감사하는 마음과 부정적인 감정은 동시에 다가오지 않는다. 감사함이 가득 채워진 삶에 부정적인 생각들은 들어오지 못한다.

행복해지고 싶으면 매사에 감사하라. 행복이라는 감정은 주어진 것에 감사하고 매 순간 일어나는 사건에 감사하고 매일 만나는 사람에 감사하며 삶 자체에 감사함을 느끼는 것이다. 감사는 삶을 행복하게 하는 데 무엇보다 중요하다. 작은 일에도 감사하고 항상 감사하는 마음이 인생을 행복으로 가득 채운다.

06 | 나만의 스토리가 담긴
책을 펴내라

살다보면 인생에서 꼭 기억해야 되는 날이 있다. 다른 말로 인생을 바꾼 날이다. 얼마 전 공무원 대상 책 쓰기 강연에 참석했다. 교육이 많아 그러려니 하고 앉아있었다. 그런데 그 날 이후 내 삶은 달라졌다.

계기는 평상시처럼 강의를 들으러 경기도 인재개발원 사이트에 접속한 것이다. 교육 수기 팝업창이 떴다. 자세히 읽어 보니, 공모에 참여한 사람은 4시간 동안 책 쓰기 특강을 들을 수 있다고 했다. 전에는 교육을 받으러 가고 싶어도 업무를 누군가 대신 해야 하기 때문에 눈치가 보여서 참석하기가 쉽지 않았다. 교육수기 공모에 참여하면 눈치 보지 않고 당당하게 교육을 들으러 갈 수 있겠구나 하는 생각이 들었다.

교육을 듣고 싶어 아이들을 재우고 새벽까지 수기를 작성했다. 5분, 10분 자투리 시간을 이용해서 강의를 듣는 경험과 활용법을 적었다. 공모한 수기가 1등으로 당선되면서 눈치 보지 않고 강연에 참석할 수 있었다. 그리고 그 날 들은 책 쓰기 강연이 인생을 바꿔놓았다.

"책은 국문과 나온 사람만 쓰는 것이 아니라 누구나 배워서 쓸 수 있다."

"성공한 사람이 책을 쓰는 것이 아니라 책을 써서 성공하는 것이다."

"평범할수록 책을 써서 자신을 퍼스널브랜딩 하라"

지금까지 전혀 몰랐던 세계였다. 강의가 이어지는 4시간 내내 심장이 터지는 줄 알았다. 옆 사람이 내 심장 소리를 들을까 염려가 될 정도였다. 초등학교 때 품었던 작가가 되고 싶다는 꿈은 그동안 잊고 살았다. 그런 나에게 책 쓰기 강연은 꿈을 다시 밖으로 끄집어내는 계기가 되었다. 강의를 들으면서 가슴이 터질듯했다. 이렇게 가슴 뛰는 삶을 살 수도 있는데 지금까지 참 미지근한 삶을 살고 있었다는 생각이 들었다.

책을 쓰고 싶다는 소망이 생겼다. 책에 '나'와 열심히 살아온 내 이야기를 담고 싶었다. 앞으로 채워나갈 인생을 책에 적고 많은 사람들과 소통하고 싶었다. 삶에 '우연'이란 없다. 우연도 내가 노력하고 관심이 있을 때 기회로 찾아온다. 기회를 붙잡고 삶이 변화되면 우연은 인생의 나비효과다.

자신의 책 한 권이 명함이나 신문기사 보다 이름을 알릴 수 있는 최고의 수단이 된다. 책을 쓰면 모자이크처럼 흩어진 인생의 조각을 맞춰보고 인생을 갈무리 할 수 있다. 또한 지금 현재 내 모습을 깊이 이해하고 앞으로의 인생에 대한 큰 그림을 미리 그려보는 경험을 하게 된다. 내가 죽어 세상에 없어도 내 아이들은 나의 분신을 통해 나를 만나고 느낄 수 있다.

이미 평범한 직장인들이 책을 많이 내고 있다. 많은 일반인들이 책 쓰기를 갈망한다. 책 쓰기 특강을 듣고 내 눈이 반짝거렸듯 누구에게나 책 한권 쓰는 일은 평생의 로망이다. 이를 증명이라도 하듯 이미 글쓰기, 책 쓰기 시장은 활황 상태다. 시중에 책 쓰기 책도 많이 나와 있고 원한다면 관련 강좌도 쉽게 접할 수 있다.

다양한 삶의 이야기를 담은 책이 늘어나는 건 분명 반길 일이다. 그렇지만 책 출간만 목적이 된 글쓰기는 본말이 뒤집히기 쉽다. 여차하면 자기만족으로 끝나고 만다. 깊이 있는 사색과 수없는 퇴고를 통해 독자에게 떳떳한 책을 써야 한다.

서른여섯 젊은 의사의 마지막 순간이라는 부제가 붙은《숨결이 바람 될 때》는 전도유망한 신경외과 의사였던 폴 칼라니티의 자전 에세이이다. 혹독한 레지던트 시절을 보내고 의사의 길에 접어드는 인생 정점에 그는 폐암 말기 판정을 받는다. 의사에서 환자로 신분이 바뀌면서 겪게 된 고통과 두려움을 한 권의 책에 담아낸다.

"나는 사람들의 삶의 과도기를 잘 넘기도록 도와주는 목자의 자격을 반납하고, 길을 잃고 방황하는 양이 되었다. 내 병은 삶을 변화시킨 게 아니라 산산조각 내버렸다."

"나는 케이디가 내 얼굴을 기억할 정도까지는 살 수 있었으면 좋겠다. 내 목숨은 사라지겠지만 글은 그렇지 않다."

야속하게도 그의 소망은 끝내 이루어지지 않는다. 케이디가 아직 어려 그를 기억할 수 없을 때 몸 상태가 급격히 나빠진다. 그는 딸을 생각하며 또 남아서 살아야 하는 사랑하는 사람들을 위해 끝까지 책 집필을 포기하지 않았다. 하지만 끝내 책을 끝마치지 못했다. 미완성인 상태로 생을 마감하고 만다. 의사 동료이자 삶의 동반자인 아내 루시가 마무리를 한다.

이렇게 이 책은 세상에 나오고 그의 삶은 전 세계 사람들의 마음을 울린다. 그는 비록 사랑하는 사람을 두고 세상을 떠났지만 세상에 책을 남겼다. 그 덕분에 많은 사람들은 그의 책을 통해 삶과 죽음에 대한 깊이 있는 성찰을 할 수 있게 되었다. 책에 삶을 담는 일은 생각보다 더 위대하고 가치 있는 일이다.

강원국 전 청와대 연설비서관은 한 강연에서 처음 책을 쓴 계기는 노무현 대통령의 명령이었다고 말했다. 대통령은 청와대 연설비서관은 아무나 할 수 있는 일이 아니고 그런 특별한 경험을 했다면 책을 써서 지식과 경험을 사람들과 나눠야 한다며 책 쓰기를 권했다.

　　하지만 연설비서관인 그에게도 책을 쓰는 일은 엄청 어려운 일이었다. 노무현 대통령 재임기간 동안 대통령 지시사항으로 등록되어 끊임없이 강요당하면서도 끝내 책을 펴내지 못했다. 그랬던 그가 청와대를 나와 출판사에서 편집 일을 하게 되면서 책은 마음만 먹으면 누구나 쓸 수 있다는 것을 알게 된다. 그는 저서 《회장님의 글쓰기》에서 사람들에게 책을 쓰라고 권하고 싶다면서 이렇게 말한다.

　　"나이 마흔이 넘으면 누구나 자기 안에 쓸거리를 가지고 있다. 얼마나 팔릴 것이냐는 추후 문제다. 책을 내는 것 자체로 의미가 크다. 책은 장대한 자기소개서다. 지난 삶이 정리되고 기록으로 남는다. 자기 인생에 주는 훈장 같은 것이다. 무엇보다 책을 쓰는 과정 자체가 공부고 자기 수련의 장이다. 목차를 짜다 보면 살아온 인생의 빈자리를 찾을 수 있다. 남은 삶에서 그곳을 채워야겠다는 다짐도 하게 된다. 뿐만 아니라 저서는 자격증과 같다. 전문가로 인정받는 것은 물론 호구지책도 된다. 한마디로 인생이 바뀐다."

나는 현재 10년차 공무원이다. 공무원은 정년이 보장된 안정된 직장이라고는 하지만 퇴직을 하면 인생 2막을 살아야한다. 백세 시대를 바라보는 지금 60세에 정년퇴직하고 계속 쉴 수만은 없다. 책 쓰기는 현직에서도 전문가로 인정받을 수 있을 뿐만 아니라 인생 2막도 준비할 수 있는 절호의 기회다. 책 쓰기를 통해 전문가로 인정받게 되면 현직에 있을 때도 신뢰와 존경을 한 몸에 받을 수 있고, 퇴직 후에도 평생 현역처럼 멋진 인생을 살아갈 수 있다.

세상의 모든 사람은 자신만의 값진 스토리를 분명 가지고 있다. 자신의 스토리가 얼마나 귀한 가치가 있는지 모르고 있을 뿐이다. 삶을 책 속에 담아내는 순간 책은 날개를 달고 어디든 날아가 상처받은 마음에 연고가 되어준다. 폴 칼라니티의 《숨결이 바람될 때》는 분명 내가 가진 삶의 고통이 하찮은 것으로 변화시켜 버리는 강력한 치유의 힘을 지니고 있다. 어떤 책은 꿈을 잃은 자들의 꿈을 일깨우고 때론 옆집 언니나 이모가 되어 삶을 다독여 준다. 내 경험과 지식이 담긴 책을 읽고 누군가의 가슴이 뛴다.

자신도 책을 쓰는 과정에서 엄청난 성장을 하게 된다. 책 한 권을 쓴다고 인생이 하루아침에 달라지진 않는다. 하지만 책을 쓰는 과정에서 인생의 나비효과가 시작된다. 내 안에 잠들어 있던 거인이 깨어난다. 이 작은 날갯짓이 가져올 인생의 폭풍우를 가늠하기 어렵다.

07 | 배움에 투자하라

오늘도 새벽 알람이 울리기도 전에 눈을 뜬다. 정신도 맑다. 처음부터 그랬던 것은 아니다. 알람이 울리면 다섯 번 정도 끄고 다시 자는 일도 많았다. 지금은 새벽에 여러 가지 일을 한다. 하루 중 유일하게 아이들 방해 받지 않고 나만을 위한 시간을 보낼 수 있다. 고요한 새벽, 다른 사람들이 모두 단 잠에 빠져 있을 때 책을 읽고 글을 쓴다.

밤 시간보다 새벽 시간이 더 매력적이다. 육체와 정신 모두 새벽에 더 말짱하다. 예전에는 오로지 의지만으로 잠의 유혹을 뿌리치고 따뜻한 이불 속에서 빠져나와야 했다. 명확한 꿈이 없었고 하루의 구체적인 목표를 세우지 않고 막연히 '책을 읽어야지' 하는 희미한 결심이 전부였다. 하지만 결심만으로는 부족했다. 육체의 피곤함이 결심보다 강했다. 설사 잠의 유혹을 뿌리치고 이불 밖으로 나와도 정신이 몽롱할 때가 많았다.

지금은 확실하고 명확한 이루고 싶은 간절한 꿈이 있어 기분 좋게 일어난다. 오늘은 얼마만큼 내 꿈에 다가갈 수 있을지 설레고 기대가 된다. 매일 아침, 출근 전 2시간을 이용해 하루를 계획하고 책을 읽고 글을 쓴다.

6시 쯤 아침이 시작된다. 부엌에서 아이들 어린이집 등원 준비함과 동시에 내 출근 준비를 한다. 손이 바빠진다. 몸은 바쁘게 일하지만 귀로는 강의를 듣는다. 다양한 종류의 강연을 듣는 일은 내 삶의 일부다. 강의를 들으면 지적 자극을 받는다. 휴대전화에는 강의 어플들이 빼곡하다. 강의는 세 아이 육아와 직장 생활 사이에서 나에게 하는 투자다.

아침에 씻으면서, 화장을 하면서, 설거지하면서 자투리 시간을 이용한다. 강의를 듣다가 마음에 와 닿거나 꼭 알아두고 싶은 부분은 바로 메모한다. 나중에 시간을 내어 노트에 정리 한다. 강연을 듣는 것도 책을 읽는 것과 비슷한 효과가 있다. 강연자의 이야기를 들으며 인생 선배들의 삶을 배우고 내 삶을 되돌아본다.

강연을 많이 듣다 보면 세상을 보는 관점이 다양해진다. 사람들은 누구나 다양한 경험을 하길 원하지만 많은 경험을 하려면 시간과 에너지를 많이 투입해야 한다. 강연은 훌륭한 간접 경험이다. 책만큼은 아니지만 강연을 통해서도 강연가의 생각과 영혼을 느낄 수 있다. 이런 이유로 책을 읽을 수 없는 시간에는 강연을 듣는다. 특히, 한시라도 마음을 놓을 수 없는 집안일로부터 자유로울 수 없는 나에게 강의는 매력적인 자기계발 도구다.

성공한 사람의 스토리를 듣다 보면 나도 모르게 의식이 바뀌어 그들을 닮아가게 된다. 힘든 삶 가운데서도 포기하지 않고 도전 하고 또 도전하는 간접경험을 통해 나도 할 수 있다는 자신감이 솟구친다.

얼마 전, '백수청년, 독서로 꿈을 이루다' 란 주제의 강의를 들었다. 그 주인공은 바로 《독서천재가 된 홍대리》의 공동저자 정회일이다. 그는 어릴 때부터 아토피에 시달리며 살았다. 아토피가 심해 20대에 집 밖으로 나올 수조차 없었던 그는 아토피가 자신의 몸과 마음을 죽이는 것 같았다고 말했다. 그 당시 그의 꿈은 '한 달에 100만원 버는 것' 이었다고 한다. 이렇게 아토피와 사투를 벌이며 하루하루 살아가기도 벅찼던 그가 인생역전에 성공했다. 그는 지금 영어 학원 '영어연수 나는 한국에서 한다(이하 영나한) 대표이자 작가, 강연가, 마케터로도 활동하고 있다. 수입이 억대다.

어떻게 '콤플렉스 덩어리' 백수가 억대의 수입가로 변신할 수 있었을까? 그는 책에서 답을 찾았다. 수 천 권의 책을 읽으면서 책 속에서 꿈을 찾았고 찾은 꿈을 하나하나 실행에 나감으로써 그 꿈을 이루었다.

그는 취미로 책을 읽는 것이 아니고 목적의식이 분명했다. 책을 읽음으로써 배우고 성장하는 것이다. 책을 더 많이 읽을수록 주제를 하나 정해야겠다는 생각이 들어서 영어공부를 하기로 결심했다.

이렇게 해서 독서와 영어가 바꿔 놓은 그의 인생을 책에 담았다. 정말 어려운 환경과 처지에서 맨 주먹으로 시작해 성공한 그의 진솔한 스토리 덕에 그를 멘토로 따르는 청년도 많다. 그가 세상에 퍼뜨리고 있는 선한 영향력이 크다.

만약, 그가 아토피에 시달리며 삶을 포기하고 싶은 마음으로 집 안에서 무기력하게만 살았다면 어땠을까? 그는 이런 '희망'이라고는 보이지 않는 상황에서 조차 꿈만은 놓지 않았다. 그가 꿈꾸는 만큼 한 단계 한 단계 성장해 왔다. 그의 삶 자체가 모두에게 동기부여가 된다.

세 아이를 키우며 직장생활 하는 일은 만만치 않다. 정신없이 살다 보면 어느새 나 자신은 없어진다. 나를 잃지 않는 방법으로 나에게 투자 할 시간을 내야 한다. 직장에서는 점심시간이 황금시간이다. 배도 채우고 마음도 채울 수 있다. 시간을 조절하면 책도 읽고 음악도 듣고 사색도 가능하다.

성공하는 사람들은 하루를 48시간처럼 사용한다. 시간을 철저하게 통제한다. 시간은 무엇과도 바꿀 수 없는 귀중한 자원이다. 한번 흘러 간 시간은 다시 되돌릴 수 없다. 돈이 들더라도 시간을 벌어야 한다. 이것이 부자의 마인드다. 가난한 사람은 돈을 아끼는 데 집중 하고 부자는 시간을 아끼는 집중한다.

배움에 돈을 투자해 시간을 벌 수 있다면 당장 배움에 돈을 투자해야 한다. 능력을 키우고 꿈을 향해 나아가는 과정이 필요하다면 과감히 돈을 써야 한다. 배우는데 돈을 쓰는 것은 낭비가 아니다. 미래를 위한 투자다.

"지위 향상을 위해 재산을 아끼지 마라. 젊은이가 해야 할 일은 돈을 모으는 것이 아니라 그것을 사용하여 장차 쓸모 있는 사람이 되기 위한 지식을 모으고 훈련하는 것이다. 은행에 넣어둔 돈은 당신에게 아무것도 주지 못한다. 당신의 돈을 써라." 헨리포드의 말이다.

은행의 통장 잔액에 찍힌 돈은 숫자에 불과하다. 통장에 쌓여가는 돈을 보면서 좋아할 것이 아니라 머릿속에 쌓이는 지식과 지혜를 보면서 만족하는 삶을 살아야 한다.

이노우에 히로유키는 저서 《배움을 돈으로 바꾸는 기술》에서 다음과 같이 말하고 있다.

"공부할 여건이 안 되어서, 시간과 장소가 여의치 않아서 공부할 수 없다는 핑계가 더는 통하지 않는 세상인 것입니다. 거꾸로 생각하면, 시간과 장소에 구애받지 않고 한 시의 빈틈도 없이 배움의 욕구를 채울 수 있는 환경이기도 합니다. 이를 최대한 활용하십시오. 인생이란 매 순간이 쌓여서 만들어지는 것입니다."

매일 영어 공부를 한다. 학원에 다닐 시간은 없다. 혼자 책 한 권 외우기도 힘든 상황이다. 공짜로 영어 공부하는 가장 좋은 방법은 EBS 영어방송이다. 7시 20분 출근 시간에 흘러나오는 20분 동안의 방송을 화장을 하면서 밥을 먹으면서 녹음을 한다. 5분 동안 대화문을 받아 적는다. 그리고 출·퇴근 길에 운전하면서 녹음파일을 반복해서 듣는다. 도저히 영어공부에 따로 시간을 낼 수 없는 내가 매일 자투리 시간을 이용해 영어공부 하는 방식이다.

마음만 먹으면 시간과 장소에 구애받지 않고 끊임없이 삶을 배움으로 채울 수 있다. 자투리 시간도 모이면 엄청나다. 매 순간순간 마음과 정성을 다하여 삶을 배움으로 채워보자.

08 | 행복한 사람들과 함께하라

행복하려면 행복한 사람과 좋은 만남을 가져야 한다. 행복한 사람과의 만남은 행복한 기운을 부른다. 대화를 하다보면 기분이 좋아지고 행복 바이러스를 전해주는 사람이 있다. 잠깐 대화했을 뿐인데도 힘이 생기고 행복한 느낌이 든다. 이야기를 나눌수록 행복한 기운과 활기찬 에너지를 주는 사람이 있다. 그런 사람과는 계속 함께하고 싶다는 느낌이 든다.

오스카 와일드는 '어떤 이들은 그들이 가는 곳마다 행복을 만들어내고, 어떤 이들은 그들이 떠날 때마다 행복을 만들어낸다'고 말했고, '근묵자흑 근적자주(近墨者黑 近赤者朱)'라는 말이 있다. 일상의 환경 중에서 가장 강력한 영향을 미치는 것은 주변에 있는 사람이다. 행복해지고 싶다면 불행한 사람과 멀리하고 행복한 사람과 함께 해야 한다.

직업의 특성상 하루에도 수많은 사람들을 상대한다. 업무는 토지민원과 지적 팀에서 지적서류를 발급하는 일이다. 수십 명의 사람이 서류를 발급받으러 민원실을 방문한다. 사람들과 대화하다 보면 말투나 행동에서 불평불만이 가득한 경우가 있다. 첫 마디에 부정적 기운이 느껴진다. 순간 방어적으로 나를 보호해야겠다는 생각이 든다. 작은 실수도 꼬투리를 잡고 공격 할 것이기 때문이다. 일체의 대화를 삼가고 빠르게 업무를 처리하여 그 사람을 보내려고 한다.

바쁜 월요일 아침, 부정적 기운을 뿜어내는 민원인에게 속수무책으로 당하는 일이 발생했다.

"90년도의 공시지가가 필요하다니까 왜 2001년도부터 나온 거요?"

"처음부터 말씀해 주셨으면 좋았을 텐데요. 년도는 수동으로 설정을 해야 하는 거라서 미리 말씀을 해주셔야 됩니다."

"알아서 발급해줘야지 무슨 소리 하고 있는 거야? 이 아가씨가! 아 됐어요! 빨리 발급이나 해줘요."

"공시지가 표기로 한 장이 더 추가되어 100원만 더 내시면 됩니다." 라고 말했더니 갑자기 버럭 화를 내면서 처음부터 제대로 발급해 주지도 못하더니 이제 돈까지 더 내라고 한다며 큰 소리로 화를 내기 시작했다. 민원실의 모든 사람들이 나를 쳐다보고 뒤에서 다른 남직원이 상황을 수습하러 달려 나왔다.

그러자 민원인은 달려온 직원한테 나를 가리키며 잘못했으면 사과

부터 해야지 사과도 안하는 이상한 직원이라고 말하는 것이었다. 난 너무 황당했고 그 민원인이 가고 나서도 한참동안 억울한 기분이 가시지 않았다. 도대체 내가 무슨 잘못을 했다고 이상한 사람 취급을 받고 막말을 들어야 하는지 화도 났다. 비록 표현을 할 수는 없지만 속으로 화나는 것 까지 참기 힘들었다. 시간이 흐르자 마음을 가다듬고 차분히 조금 전 상황을 생각해 보았다. 그 민원인은 고슴도치처럼 가시를 세우고 살고 있는 사람이다. 첫 마디만 나누어 보아도 부정적 독기가 느껴졌다. 모든 일에 부정적이고 전투적일 것이다. 생각이 거기에 미치자 더 이상 마음 상해하지 않기로 했다. 내 주위에는 행복한 기운이 넘치는 사람들이 많음에 감사하다는 생각이 들었다.

카네기는 상대하기 싫은 사람과 어떻게든 가까워지려는 노력은 쓸모없는 일이며 그런 일에 단 1분이라도 인생의 시간을 할애할 가치가 없다고 말한다. 이 세상에는 수십억 명의 사람이 있다. 모든 사람과 잘 지내기란 불가능하다. 그럴 필요도 없다. 나는 직업상 부정적인 사람도 많이 만난다. 그럴 때는 최대한 업무적으로 친절히 대하고 감정에 영향을 받지 않으려고 노력한다.

만나면 기분이 좋아지는 사람이 있다. 늘 타인에게 좋은 에너지를 전하고 긍정적 자극을 주는 사람이다. 나를 아는 사람들은 내 웃는 얼굴이 좋다고 한다. 긍정적이고 밝게 사는 모습에서 좋은 에너지를 받는다고 한다. 나와 함께 있으면 웃게 되고 행복감을 느낀다고 해피 바이러스 같다고 한다. 해피 바이러스를 퍼뜨릴수록 내 주위는 행복한 사람이 늘어난다. 내 해피 바이러스에 감염된 사람도 행복해 한다.

부정적 기운이 가득한 사람까지 보듬고 갈 필요는 없다. 나와 주파수가 맞는 사람, 함께 있으면 즐겁고 행복한 사람, 그런 사람과 많은 시간을 보내면 된다. 행복 하고 싶다면 행복한 사람과 만나고 어울려야 한다. 불행을 맛보고 싶으면 우울하고 불행한 사람과 있으면 된다. 그러면 우울하고 냉소적이 된다.

하버드대학의 데이비드 맥클란 박사는 25년 동안 사람들이 어떻게 성공했는지 연구했다. 그는 성공의 99퍼센트 이상이 어울리는 사람에 의해 좌우된다는 것을 알아냈다. 맥클란 박사는 어울리는 사람이 달라지면 사고방식도 달라진다고 말한다.

사람은 카멜레온 같아서 어울리는 사람의 말투, 옷차림, 행동, 의견, 태도 등을 모두 따라한다. 행복한 사람과 어울리면 그들을 닮아간다. 그들처럼 긍정적이고 활기가 넘치며 주목 받고 배우고 성장하는 삶을 살아간다.

글을 쓰면서 주변에 글 쓰는 사람들이 많아졌다. 블로그 이웃도 대부분 글쓰기 매력에 빠진 사람들이다. 우리는 서로에게 긍정적인 동기를 부여한다. 꿈 친구가 되어 꿈을 지지하고 응원한다.

인생의 행복과 불행의 85퍼센트는 인간관계가 좌우한다. 잘못된 인간관계가 인생을 망친다. 사무실에 부정적인 사람이 한명이라도 있으면 분위기가 매우 어두워진다. 서로 좋아하고 존중하는 사람들과 인간관계를 맺는 것이 사회생활을 할 때 매우 중요하다.

P군은 오늘도 불평불만으로 하루를 시작한다. 사무실에 커피가 떨어지다니 회계담당자는 도대체 살림을 어떻게 하고 있느냐는 시끄러운 투덜거림으로 사무실 분위기가 안 좋아진다. 또한 그 사람은 업무를 맡게 되면 "못한다, 할 수 없다, 내 업무가 아니다" 등의 말들을 하며 불평불만을 늘어놓는다. 그와 대화를 하면 온 몸의 기운이 빠져나가는 것 같다. 말하면 할수록 어깨가 뻐근하고 근육이 긴장된다. 빨리 대화를 끝내고 싶어진다. 그래서 꼭 해야 할 말이 아니라면 애초에 그 사람과 대화를 피한다.

사람은 혼자서 살아갈 수는 없다. 사람은 사람들 속에서 살아가는 존재다. 아무리 인생에서 큰 성공을 거두었다고 하더라도 주위에 그 성공을 기뻐해줄 사람이 없다면 결코 행복할 수 없다. 세상에는 다양한 성향의 사람들이 섞여 있다. 모든 사람과 잘 지내려고 기운 빼지 말자. 모든 사람들과 두루두루 잘 지내려고 하면 항상 긴장하게 되고 스트레스는 한없이 늘어나게 된다. 무리해서 잘 지내려고 애쓸 필요는 없다. 인생은 선택의 연속이다. 인간관계에서도 그 원칙은 적용된다. 행복해지고 싶다면 행복한 사람 옆으로 가자. 나와 주파수가 맞고 나의 진정한 가치를 알아주는 행복한 사람들과 함께하자.

PART

05

꿈꾸는 여자가
행복하다

오늘도 당신 삶의 무대에 조명이 켜졌다.
리허설도 없고 재공연도 할 수 없는 단 한 번뿐인 공연을 멋지게 해내길 바란다.
지금 삶의 주인은 누구인지 묻고 싶다. 삶의 갈림길에서
선택은 당신의 몫이고 그 인생의 주인은 누구도 아닌 당신이다.
인생을 누가 대신 살아 줄 수는 없다.

01 | 내 삶의 주인으로 살아라

"우리 뭐 먹으러 갈까?"

"맛있는 거 먹으러 가자. 근데 뭐 먹을지 모르겠어."

"우리 정하고 나가자. 진짜 뭐 먹지? 고기 종류 아니면 국수?"

"아 진짜 못 정하겠다. 뭐 먹지?"

"남자친구한테 전화해서 정해달라고 하자."

며칠 전에 카페에서 들었던 두 여대생의 대화다. 결국은 남자친구한테 전화해서 저녁 먹을 건데 무엇을 먹으면 좋겠냐고 물었다. 옆에서 듣고 있는데 그 상황이 참 재밌게 느껴졌다. 저녁 메뉴 하나 정하는데도 주도적으로 정하지 못하고 옆에 있지도 않은 남자친구한테 전화까지 하는 그녀들의 행동이 우스꽝스러웠다. 간단한 저녁 메뉴 하나

고르는데 이렇게 쩔쩔 매는데 삶의 갈림길에서 인생을 결정할 중대한 선택이라면 과연 얼마나 자신을 믿고 결정할 수 있을까?

대학 전공을 선택할 때, 직장을 선택할 때, 남편감을 고를 때처럼 큰 결정을 할 때는 주변 사람의 의견도 들어야 하지만 타인의 의견은 참고만 해야 한다. 선택권 자체를 그들에게 주어서는 안 된다. 아무도 인생을 대신 살아주지 않는다. 내 삶의 주인은 나다.

내 삶의 주인으로 살아가고 있다고 당당하게 말할 수 있어야 한다. 주인으로 산다는 말은 인생에 끌려가지 않고 인생을 끌어가는 것이다. 누군가의 조종을 받으며 사는 게 아니라 스스로의 의지대로 사는 거다.

난 삶의 길목에서 항상 최선을 다했다. 학생 때 모범생이란 말을 들었고 한눈팔지 않고 공부해서 원하던 대학에 들어갔다. 졸업하기 전 공무원 시험에 합격했다. 공무원 생활을 하는 중 결혼을 하고 세 아이도 낳았다. 지금은 워킹 맘으로 살고 있다. 최선을 다했지만 내놓을 것 없는 평범한 모범시민으로 살고 있다.

항상 머릿속을 맴돌던 생각이 있다. '분명 내 인생인데 그 안에 내가 설 자리는 점점 없어져 가는구나. 언제쯤 나는 진정한 나다운 삶을 살 수 있을까.' 바쁘고 정신없이 살고는 있는데 마음은 공허했다. 끝없이 직진하는 레일 위를 달려왔고, 앞으로도 그 위를 달리는 기차와 같은 삶이라 생각하자 가슴이 답답했다. 특별한 삶을 기대할 수 없는 생활에서 나를 드러낼 자리가 없다는 사실에 마음이 아팠다.

매일 직장에 매달리고 아이들을 뒷바라지 하면서 살면 나를 챙길 시간이 없다. 밤이 되면 완전히 녹초가 된다. 잠자리에 누워 일상과 희미해져가는 '나'를 보면 무력감에 시달렸다.

무력감에서 벗어나려고 택한 것은 강의를 듣는 일이었다. 시간과 장소에 구애받지 않고 자극을 받을 수 있는 쉬운 방법이다. 그날도 어김없이 설거지를 하면서 강연을 들었다. 이번 강사는《영어책 한 권 외워봤니?》의 저자 김민식이다.

김민식은 MBC PD출신으로 부당한 일에 자신의 목소리를 내다 해고 당했다. 쉬는 동안 우울의 수렁에서 허우적대는 대신 이렇게 책을 써서 대중 속으로 들어왔다.

김민식 강사는 대학시절 춤을 배우게 된 이야기부터 시작한다. 사실 여자 친구를 사귀려는 목적으로 나이트클럽에 가기 시작했다. 그리고 더 멋진 남자가 되어 보려고 춤을 배운다. 결론부터 말하면 많은 노력을 기울였음에도 그는 여자 친구를 만들지 못했다. 대신 춤의 매력에 빠져들어 춤을 통해 행복감을 맛보게 되었다고 한다. 그런 자신의 경험을 토대로 그는 다음과 같이 이야기 했다.

"누구나 인생 한 방을 꿈꾸지만 행복은 '한 방'으로 해결되는 것이 아니다. 모든 쾌락은 곧 사라지기 때문에, 한 번의 커다란 기쁨보다 작은 기쁨을 여러 번 느끼는 것이 절대적이다. 그래서 행복은 기쁨의 강도가 아니라 빈도인 것이다."

지금 삶이 마음에 들지 않는다고 단숨에 삶을 바꿀 수 있을까, 한방으로 삶을 180도 바꾸면 행복하게 될까?

　두 명의 석수공이 돌을 깨고 있었다. 지나가던 사람이 두 사람 각자에게 무엇을 하고 있냐고 물었다. 한 사람은 "보면 몰라요? 더운 날 힘들게 돌을 깨고 있잖소?"라고 말하며 쏘아붙였다. 반면, 온화한 미소를 머금은 얼굴을 하고 있는 다른 사람은 "세상에서 가장 아름다운 신전을 건축하는 데 쓰일 소중한 재료를 만들어내고 있소."

　내 삶은 과연 어떤가? 삶의 레일 위에 올라 탄 이상 어쩔 수 없다며 불평불만이 가득한 삶을 살고 있지는 않은가? 삶의 행복은 외부적 상황과 조건에서 나오는 게 아니라 삶을 향한 마음가짐에 따라 달라진다.

　같은 일을 하면서 한 사람은 평생 돌을 깨는 자신의 신세를 탓하면서 끌려가는 인생을 살 것이고 다른 사람은 진정으로 자기 인생의 주인이 되는 삶을 살 것이다. 지금 내가 하는 일이 무엇이든 그 일을 하면서 스스로 가치를 부여하고 당당해야 한다. 자기가 하는 일을 스스로 의미 없게 여기는 사람은 결국 자신을 비하하는 꼴이다. 하지만 아무리 힘들고 험한 일이라도 스스로 기꺼이 당당하게 하는 사람이야 말로 자기 삶의 주인으로 살아가는 사람이다.

　대한민국의 직장 여성들 특히, 나와 같은 처지의 워킹 맘들은 하루에도 여러 역할을 해내는 슈퍼우먼으로 산다. 하지만 자신이 설 자리를 잃은 삶이 행복할 수 없다. 꿈꾸는 엄마가 행복할 수 있고 엄마가 행복해야 온 가족이 행복하다.

나는 꿈과 비전을 그리며 독서를 하고 글을 쓰며 평범하고 지루한 일상을 가슴 뛰는 삶으로 변화시키는 중이다. 꿈을 향해 나아가면서 매사에 자신감이 생겼다. 나를 더 사랑하게 되었다. 나를 사랑하고 책과 꿈의 힘을 믿으니 바닥을 치던 자존감이 회복되었다.

처음에 꿈을 향한 워밍업에 시간과 노력을 기울이자 이제는 꿈의 강력한 힘이 삶을 이끌고 있다.

삶이라는 무대에 조명이 켜지면 나는 주인공이자 감독이 되어 내 삶을 연출해야 한다. 무대에서 스포트라이트를 받아야 하는 주인공은 나다. 스스로 내 삶을 멋지게 연출하고 멋지게 연기해 내지 않으면 안 된다. 다른 사람이 대신 출연하거나 연출해 줄 수도 없다.

오늘도 당신 삶의 무대에 조명이 켜졌다. 리허설도 없고 재공연도 할 수 없는 단 한 번뿐인 공연을 멋지게 해내길 바란다. 지금 삶의 주인은 누구인지 묻고 싶다. 삶의 갈림길에서 선택은 당신의 몫이고 그 인생의 주인은 누구도 아닌 당신이다. 인생을 누가 대신 살아 줄 수는 없다. 지금 당장 삶의 운전대를 잡아야 한다. 꿈꾸는 삶이야말로 주인으로 살아가는 삶을 가능하게 해 준다. 꿈을 꾸고 내 삶의 주인으로 당당하게 살아가자.

02 | 나의 빅 픽처를 그려라

"나 같은 사람이 꿈은 무슨 꿈?…"

"하루하루 살아내기도 치열한 데 꿈이 다 뭐야?"

그럼에도 불구하고 꿈을 꿔야 한다. 이렇게 말하는 나도 꿈조차 꿀 수 없는 삶을 살았다. 꿈과 빅 픽처는 분리해서 생각할 수 없다. 빅 픽처를 그리면 진짜 인생이 시작된다. 그럼 지금까지 가짜 인생을 살아 왔을까? 그건 아니다. 하지만 빅 픽처는 커녕 스몰 픽처도 없었다.

자기 혁신 전문가 전옥표 작가는 《빅 픽처를 그려라》에서 다음과 같이 말한다.

"빅 픽처란 우리가 이 세상에 왜 존재하는가에 대한 각자의 답이다. 그것은 자신을 깊게 들여다보고 인생을 멀리 조망할 수 있는 힘이다.

빅 픽처는 누구와 같을 필요도 없고, 누군가의 것을 베낄 필요도 없다."

"자꾸 남과 비교하는 속성으로 돌아가는 이유는 마음속에 빅 픽처가 없기 때문이다. 그동안 만난 성공한 사람, 인생을 행복하게 사는 사람들은 모두 자신만의 큰 그림이 있었다. 그들은 언제나 마음속 큰 그림과 마주했기 때문에 어떤 처지에 놓이든 좌절하지도 자만하지도 않았다. 어떤 위치에 있는지, 어떤 일을 하는지는 상관없었다. 그들은 모두 자신만의 빅 픽처를 알고 저마다의 자리에서 행복해하며 인생의 의미를 깨닫고 삶을 즐기고 있었다."

빅 픽처는 어떻게 그릴 수 있을까? 우선 어떤 삶을 살고 싶은지 알아야 한다. 내면을 바라보고 스스로에게 질문하고 해답을 찾아야한다. 퍼즐 한 조각이 아니라 이미 완성된 퍼즐이 한 눈에 들어오도록 해야 한다.

지금까지 가짜 인생을 살았다는 뜻이 아니다. 지금 생각해도 있던 자리에서 열심히 살았다. 원하는 대학을 목표로 열심히 공부한 10대와, 공무원을 목표로 대학의 낭만도 뒷전으로 미루고 공부했던 20대, 30대에는 남들 하는 대로 결혼도 하고 출산도 했다. 말 그대로 나는 조남주 작가의 소설 속 주인공 '김지영'과 동시대를 살아 낸 '82년생 이송이' 였다. 여자, 엄마, 아내, 며느리라는 삶 속에서 온전한 나 자신

'이송이'로서의 삶을 살기위해 버둥거렸다.

세상의 잣대에 어긋남이 없는 모범생다운 삶이었다. 남들이 하는 대로, 때를 거스르지 않고 해야 할 일들을 해왔다. 그게 부모님께도 효도하는 길이라고 살아온 착한 딸이었다. 하지만 인생의 큰 그림을 그리지 못하고 인생의 조각을 만날 때마다 그것이 내 삶의 전부인양 뛰어들었다. 공무원 시험을 준비할 때는 공무원이 안 되면 인생의 패배자가 될 것 같은 절박한 심정으로 공부했다. 지금 와서 생각해보면 모두 인생의 큰 그림을 그리지 못하고 눈앞의 과제만 보고 살아왔기 때문인 것 같다.

빅 픽처가 없는 인생은 매 순간 현실에 매몰되어 꿈을 잃고 살아 갈 가능성이 높다. 나도 결혼을 하고 아이를 낳고 살아가면서 꿈을 조금씩 접으며 살았다. 자신이 중심이 되는 삶이 아닌 가족들을 위해 희생을 감수하는 삶을 택했다. 꿈보다는 자연스럽게 지금의 현실에 안주했다. 시간이 지날수록 꿈은 더 깊숙한 곳으로 가라앉고 꽁꽁 숨어버렸다.

이제는 아름답고 소중한 꿈에게 관심을 가져 줄 때가 되었다. 아이가 너무 어리다는 핑계를 댈게 아니라, 아이들을 위해서라도 엄마가 꿈을 찾고 꿈을 향해 노력하고, 꿈을 이뤄가는 모습을 자녀에게 보여줘야 한다. 엄마의 꿈의 크기만큼 아이들의 꿈의 크기도 달라진다. 내가 그린 빅 픽처의 크기가 곧 내 인생의 크기다. 그리고 내 인생 안에는 당연히 내 아이들도 있다. 내 아이들이 나의 빅 픽처의 크기만큼 인생을 누리고 살아가게 되는 것이다.

다음은 현재 나의 빅 픽처인 소명 선언문이다.

"나는 대한민국 공무원이자 한국을 대표하는 '동기부여가' 로 책을 써서 세상에 나를 알리고 꾸준히 역량을 키우는 삶을 살아간다. 성공한 공무원의 롤 모델이자 꿈 멘토로, 진정성 있게 소통하며 경험과 지식을 나누는 '행복메신저' 이자 끊임없이 변화하고 성장하는 '이송이'로 나아간다. 글 쓰며 사는 삶 속에서 행복을 느끼는 행복한 꿈쟁이 작가가 되어 세상에 선한 영향력을 미친다."

이렇게 빅 픽처의 밑그림을 그려 넣은 후 책을 읽어나가면서 빅 픽처에 색깔도 칠하고 디자인도 하고 있는 중이다. 책에는 수많은 사람들의 경험과 지혜가 녹아있다. 인생 선배들의 꿈을 이루는 과정이 담겨 있다. 또한 나처럼 평범한 사람들의 특별한 스토리가 담겨있다. 책은 또 우리 가슴 속에 묻어 두었던 꿈을 다시 꿈틀거리게 한다.

빅 픽처가 무엇인지 조차 몰랐던 내가 전옥표 저자의 《빅 픽처를 그려라》를 읽고 처음으로 빅 픽처라는 개념을 알게 되었다. 브랜든 버처드의 《메신저가 되라》를 읽고 경험과 지식을 나누는 매력적인 메신저의 세계로 빠져 들었다. 나탈리 골드버그의 《글쓰며 사는 삶》을 읽고 나는 글 쓰며 사는 삶 속에서 행복을 느끼는 '행복한 꿈쟁이'라는 것을 다시 한 번 마음에 새겼다.

책은 인생을 다시 디자인하고 먼저 빅 픽처부터 그릴 수 있도록 방향을 제시해 주었다. 혹시 당신도 '도대체 빅 픽처가 뭔데?'라고 생각을 하고 있지는 않은가? 또는 빅 픽처를 그리고 싶어도 어디서부터 무엇부터 그려나가야 할지 도무지 모르겠는가? 책은 빅 픽처를 그리기 위한 필수적인 도구다. 어떤 꿈을 가지고 있든 그와 관련된 책으로 시작해야 한다.

책을 읽으면 꿈도 찾을 수 있고 빅 픽처도 그릴 수 있다. 책은 명확한 꿈을 그릴 수 있게 하는 가장 좋은 재료다. 책을 가까이 할수록 책도 빅 픽처가 완성되는 데 끊임없이 도움을 준다. 책은 인생에서 아낌없이 주는 나무다. 나무 전체를 주고도 그루터기까지 쉬라고 내준다.

인생의 큰 그림을 그리며 행동하면 시련이나 고통이 와도 주저앉지 않는다. 잠시 흔들릴 수는 있어도 제자리를 찾고 극복해내는 회복탄력성이 커진다.

빅 픽처를 완성하려고 행동하는 작은 실천들, 매일 매일의 노력이 빅 픽처를 완성해 간다. 롤러코스터 같은 인생의 풍파 속에서 쉽게 흥분하고 쉽게 좌절하지 않는다. 일이 안 풀리는 날에는 사색하고 잘 풀리는 날에는 기뻐하며 빅 픽처라는 목적지를 향해 계속 전진한다.

사람은 자신이 그려 놓은 빅 픽처를 닮아간다. 닮아가기 위해 노력하는 삶이 이어지는 것이다. 당신은 지금 삶의 모습에 충분히 만족하는가? 앞으로도 지금과 같은 삶을 살아도 괜찮은가? 그렇지 않다면 지금 당장 당신의 빅 픽처를 그려보자. 인생은 내가 그린 빅 픽처에 의해 결정된다는 것을 잊지 말자.

03 | 행복한 사람이 세상을 바꾼다

〈세상을 바꾸는 시간, 15분〉은 내 삶의 활력소이자 꿈 공장이다. TED 형식의 한국형 미니 프리젠테이션 강연 프로그램으로 많은 사람들이 줄여서 〈세바시〉라고 부른다.

정기적으로 업데이트되는 강연들을 놓치지 않고 챙겨본다. 강연이 주로 서울에서 있어 현장에 가서 듣지는 못하지만 온라인상에서 만나는 강연도 나에게 꿈을 일깨워주고 에너지를 충전하기에 충분하다. 세바시 무대에 서는 것이 꿈이라고 할 정도로 세바시의 열렬한 팬이다.

세바시에는 내로라하는 유명 강연가인 김미경, 김창옥부터 작은 시골학교의 선생님이나 이제 창업을 시작해 열정이 흘러넘치는 청년 사장까지 각계각층의 다양한 사람들이 출연해 자신들의 삶을 이야기한다.

사는 모습과 방식은 모두 다르지만 그들에게는 공통점이 있다. 15 분 동안 세상을 바꿀 수 있는 찐한 감동의 스토리가 있다는 것이다. 그리고 모두 삶 속에서 열정과 행복이 넘쳐난다. 15분이라는 짧은 시간 동안 온라인상에서 만나지만 그 열정과 행복이 나에게 고스란히 전해진다.

세바시의 구범준 PD는 다음과 같이 세바시의 기획의도를 밝혔다.

"원래 사람들은 가족을 위해서 밥벌이를 하고 돈벌이를 하는 삶을 살았는데 돈벌이를 하는 동안 오히려 가족을 등한시 하게 되는 불행한 세상을 살아가고 있다. 세바시는 이 불행한 세상을 행복한 세상으로 바꾸려고 노력해왔다. 세상 속 다양한 삶의 모습과 지식과 경험을 소개한다. 수백 개가 넘는 강연을 통해 세상을 향한 가르침과 교훈을 주고받는다. 그렇기 때문에 세바시는 하나의 단순한 강연 프로그램이 아니라 그 이상의 어떤 것으로 진화하고 발전되어 왔다고 생각한다."

세바시에 출연한 사람들은 모두 꿈이 있고 열정적이다. 강연 내내 흘러넘치는 열정과 에너지에 매료될 때가 많다. 그들을 보면 진정한 행복감이 엿보인다. 그렇다고 그 사람들이 모든 것을 다 소유한 사람들은 아니다. 자기가 하는 일을 진정으로 즐기고, 마음속에 꿈을 가진 사람들이다. 강연가들의 행복한 삶에 푹 젖어들어 함께 울고 웃으면서 강연을 듣는다.

세바시 속 강연가의 삶이 내 인생에 자연스럽게 녹아들어 더 큰 꿈을 꾸게 되었다. 강연을 들으면서 열정에 기름을 부었다. 일상을 버티게 해 주는 활력소다.

《멈추지 마, 다시 꿈부터 써봐》의 저자 김수영이 73가지의 꿈을 담은 목록을 완성하고 그 첫 번째 꿈을 이루기 위해 런던 행 비행기 표를 끊을 때까지도 그녀의 마음에 걸리는 것이 있었다. 그것은 바로 부모님의 부양이었다고 한다. 집안 형편이 어려워 그녀의 월급에 의존하여 생활 하는 부모님이 눈에 밟혔다.

그래도 그녀가 결심을 행동으로 옮긴 건 바로 이 마음 때문이다. '내가 먼저 행복해야지, 주변 사람들도 그 행복감이 넘쳐흘러 같이 행복해 지는 거 아닌가, 내가 먼저 꿈을 찾고 이루면서 행복해지면 우리 부모님 꿈도 이뤄드리고 행복을 선물하면 되잖아' 라는 당차고 야무진 생각을 하면서 마음의 돌덩이를 내려놓고 런던 행 비행기에 올랐다.

그녀는 그 후 한국으로 돌아와서 전보다 훨씬 사랑받고 행복한 사람이 되어 부모님의 꿈을 이뤄드린다. 아버지의 꿈이었던 집을 지어드리고 어머님을 모시고 성지순례를 다녀왔다고 한다.

그녀의 말이 맞았다. 꿈을 찾아 떠나기 전 그녀는 그냥 잘 나가는 커리어 우먼에 지나지 않았다. 그녀가 먼저 꿈을 찾고 행복해 진 다음

부모님도 행복해 졌을 뿐만 아니라 지금 세상에 그녀가 미치는 영향력은 실로 놀라울 정도다. 많은 사람들이 책과 강연을 통해 그녀를 만나고 삶을 바꾸고 있다. 그녀는 많은 이들에게 꿈과 희망을 전해주는 꿈꾸는 유목민이다.

"자유롭게 상상하고, 그걸 이룰 수 있다고 믿었어요. 계속해서 도전하고 실행하니 꿈이 현실이 되더라고요."

그녀의 말에 덩달아 행복해진다. 그녀는 지금 나뿐만 아니라 수많은 이들의 가슴에 불을 지르고 꿈을 꾸고 행복하게 사는 삶을 온 몸으로 전하는 꿈 전도사가 되었다. 그녀의 삶으로 인해 더 많은 사람들이 꿈꾸고 행복해질 것이다.

최근에 그녀는 '꿈꾸는 지구' 라는 출판사를 차리고 《마음스파》라는 책을 출간했다. 제목 그대로 삶에 지쳐 쓰러져 있는 많은 사람들의 마음을 토닥인다. 그녀는 이 책에서 행복해지기 위해 필요한 모든 것은 처음부터 내 안에 있었다는 것을 80개국에서 70개의 꿈을 이루고 나서 깨달았다고 한다.

가족을 삶의 중심에 두고 살던 나도 꿈에 다가가려 노력하는 동안 가족과 함께 하는 시간이 많이 줄었다. 책을 쓰는 동안 집안은 난장판이 되었고 아이들은 자기들끼리 노는 시간이 늘어났다. 컴퓨터 모니터를 뚫어져라 바라보며 계속 자판기를 두들기는 나를 향해 우리 딸 민아가 "엄마 언제 우리 엄마로 돌아올거야?"고 말했다.

이토록 나는 현명하지 못했고 꿈과 삶의 조화를 추구하지 못 했다. 삶을 미뤄두고 꿈을 얼른 이룬 후 삶 속에서 충실하면 된다고 스스로를 다독였다. 시간이 흐를수록 삶과 조화를 이루지 못한 꿈은 쉽게 무너질 뿐 아니라 그 꿈이 이루어진다 하더라도 행복은 달아나 있을지 모른다. 삶을 온전히 끌어안고 꿈을 향하는 삶을 살아내야 한다.

지금 열 달 동안 뱃속에서 아이를 키워내 듯 내 분신인 글을 품어내고 있다. 어느 때가 이르면 이 분신도 내 품을 떠날 때가 올 것이다. 이 분신이 내가 갈 수 없는 곳까지 다니며 내 삶을 전해주고 생생한 스토리로 많은 이들의 공감을 불러일으킬 것이다.

다른 사람보다 입덧이 심해서 열 달 동안 아이를 품고 있는 동안 너무 힘들었다. 하지만 세상에 태어나 내 앞에서 온갖 재롱을 떠는 세 명의 보물은 나의 기쁨이자 행복이다. 글을 쓰는 과정은 피곤하고 힘들지만 내 분신이 안겨줄 행복감을 생각하면 지금 이 시간은 안에 달콤함이 가득 들어있는 겉만 쓴 사탕을 먹고 있는 느낌이다.

'줄탁동시' 라는 말이 있다. 닭이 알을 깰 때에 알 속의 병아리가 껍질을 깨뜨리고 나오기 위해 껍질 안에서 쪼는 것을 줄이라 하고 어미 닭이 밖에서 쪼아 깨뜨리는 것을 탁이라고 한다. 이 두 가지가 동시에 행해져야 일이 성사된다는 뜻이다. 강렬하게 꿈틀거리는 '꿈' 이라는 '줄' 과 물 만난 물고기처럼 팔딱거리는 '열정' 이라는 '탁' 을 통해 세상에 나갈 준비를 하고 있다. 진정 나다운 모습으로 가슴 뛰는 삶을 살고 있는 하루하루 아니 매 순간순간이 행복하다. 나만 행복한 것이 아니라 내 삶을 통해 더 많은 사람들이 행복해 졌으면 좋겠다.

행복한 사람이 세상을 바꾼다는 것을 명심하자. 세상을 바꾸고 싶다면 먼저 자기 자신이 먼저 행복해야 한다. 우리는 모두 행복해야 한다. 행복을 결심하라. 에이브러햄 링컨은 "인간은 자신이 행복하려고 스스로 결심하는 만큼만 행복할 수 있다"라고 말했다. 먼저 자기 자신이 행복해야 한다. 자신이 행복해야 주위 사람들도 행복해 진다. 결국 세상을 바꾸는 사람은 행복한 사람이라는 것을 잊지 말자.

04 | 꿈을 찾고, 나를 더
　　　사랑하게 되었다

"당신의 꿈은 무엇인가?"라는 질문에 망설임 없이 바로 대답할
수 있을까. 바로 대답하지 못한다면 아직도 꿈꾸기를 망설이고 있는
것이다. 아니면 꿈은 있는데 현실에서 꿈은 이미 사치라고 여기고 있
는 것이다. 하지만 삶이 생생하게 꿈꾸는 대로 전개된다면 어떨까? 두
말없이 꿈을 먼저 찾고 다음 일상의 삶을 살아야겠다고 기꺼이 결심할
것이다.

　며칠 전, 버킷리스트 영화를 다시 보았다. 예전에 본 적이 있지만
기억에 남아 있는 게 별로 없었다. 죽음을 앞 둔 두 명의 할아버지가
나온다. 한 명은 원하는 것은 뭐든지 손에 넣을 수 있는 부를 거머쥔
사람이고 또 한 명은 선생님이 되고 싶은 꿈이 있었지만 현실 속에서

가장의 역할을 다하기 위하여 자동차 정비공으로 일하며 한 여자의 남편으로 그리고 세 아이의 아버지로서의 역할을 충실히 해낸 사람이다.

암에 걸려 시한부 선고를 받은 자동차 정비사 카터는 병원에서 어느 날, 청춘시절 가슴에 품었던 꿈에 대해 생각해 본다. 46년이 지난 지금, 죽기 전에 꼭 하고 싶은 일들을 적어보는 '버킷리스트'는 이루지 못한 꿈이 남긴 쓸쓸한 추억에 불과했다. 재벌 사업가 에드워드는 돈 안 되는 '리스트' 따위에는 관심 없다. 원하는 것은 무엇이든지 손에 넣을 수 있는 부를 가진 그에게는 '꿈'마저 하찮은 그 무엇에 불과하다.

우연히 같은 병실을 쓰게 된 두 남자는 생이 얼마 남지 않은 서로에게서 동병상련의 정을 느낀다. 그리고 얼마 남지 않은 시간 동안 '하고 싶던 일' 즉, '버킷 리스트'를 실행하기 위해 두 사람은 병원을 뛰쳐나가 여행길에 오른다.

'세렝게티에서 사냥하기, 문신하기, 카레이싱과 스카이 다이빙, 눈물 날 때까지 웃어 보기, 가장 아름다운 소녀와 키스하기, 화장한 재를 깡통에 담아 경관 좋은 곳에 두기…'

목록을 지워나가기도 하고 더해 가기도 하면서 두 사람은 많은 추억들을 서로 공유하게 된다. 인생의 기쁨, 삶의 의미, 웃음, 통찰, 감동, 우정까지.

몇 년 전에 이 영화가 우리나라에서 개봉되었을 때, 사람들은 이 영화를 보고나서 하고 싶고, 되고 싶고, 이루고 싶은 자신만의 버킷리스트를 작성했다. 영화 속 두 사람은 살아갈 수 있는 날이 얼마 남지 않았지만 우리에겐 시간이 많다. 하지만 시간이 아무리 많아도 그 시간을 돈을 버는 데 다 써야만 한다면 1년이 남아있는 생과 별반 다르지 않을 것이다. 만약 우리에게 주어진 시간이 단 1년이라면 어떤 삶을 살고 싶은가?

적어도 하루 8시간을 내게 별다른 기쁨을 주지 않는 일을 하면서 앉아 있지는 않을 것이다. 책을 읽고 글을 쓰고 싶다는 생각이 들었다. 피아노 음악 들으며 커피를 마시고 책을 읽는 삶이 내가 그리는 행복이다. 그 행복에 조금 더 가까이 가기 위해 잠시 일을 멈추고 진정으로 내가 하고 싶은 일을 하고 싶다는 생각을 한 적도 있다. 하지만 결국 내가 살면서 깨달은 사실은 삶보다 강한 꿈은 없다는 것이다. 그렇다고 내가 처한 현실에 매몰되어 꿈을 내팽개치라는 얘기는 아니다. 내 마음의 소원은 '일터에서 꿈을 찾을 수는 없을까?' 였다.

'일터를 꿈터로 바꿔 가슴 뛰는 일을 하며 살아갈 수는 없을까?'
글쓰기 역량을 발휘해서 시장님 연설문을 쓸 수도 있고 블로그 운영 팀에 들어가 시정 블로그 활성화를 위해 내 역량을 발휘할 수도 있다. 강연에 관심이 많으니 강연 기획하는 업무를 할 수도 있을 것이다.

내가 근무하는 안성시는 연말 수능시험이 끝난 수험생들을 위한 힐링 페스티벌을 개최했다. 내 책에서 언급했던 내 삶의 멘토《영어책 한 권 외워봤니》의 저자 김민식 작가와《멈추지마, 꿈부터 써봐》의 김수영 작가가 강연가로 초청되었다. 정말 행복했다. 내가 그 분들을 추천했기 때문이기도 했지만 그 일이 진짜 성사되어 내 앞에 펼쳐지니 뿌듯하고 기뻤다.

그리고 평소 내가 책 읽고 글 쓰는 것을 좋아하는 것을 아는 친한 지인으로부터 연말을 맞아 업무상 발송해야하는 시장님 서한문 수정을 부탁받았다. 서한문의 요지는 '무허가축사 적법화'와 관련, 무허가인 축사는 다 적법화를 시켜야 함에도 우리시 적법화율이 너무 저조하여 무허가축사 적법화 추진에 적극적인 동참을 부탁드리는 내용이었다.

부탁을 받았을 때 내용도 잘 모르는 내가 무슨 수정을 하느냐는 생각이 들었다. 하지만 공문처럼 딱딱한 서한문에 따뜻한 감성을 좀 더 해달라는 말에 해보자는 생각이 들었다. 그건 내가 할 수 있는 일이다. 꼼꼼하게 서한문을 고쳐나갔다. 사전을 찾아가며 단어 하나 문구 하나에 따뜻함을 더했다. 이끈다는 의미의 '유도'를 대책과 방법을 세우는 '도모'라는 단어로 바꿨다.

'모든 짐을 축산농가에게만 지우지는 않을 것입니다.'

이런 감성적인 문구도 넣었다.

'안성시 내 어떤 농가에서도 이러한 불이익을 받지 않기를 바라는 간절한 마음을 담아 적극적인 참여와 관심을 다시 한 번 부탁드립니다.'

이렇게 끝마쳤다. 부탁하신 지인은 수정 본을 받아보고 뜻은 같은데 느낌이 정말 다르다며 흡족해 했고 시장님도 만족스러워했다. 이 서한문은 축산농가에 전달되었다.

처음부터 내가 작성한 원고는 아니지만 나의 글쓰기가 조금이라도 보탬이 되었다고 생각하니 뿌듯하고 행복했다. 일터를 꿈터로 만드는 일이 생각했던 것보다 훨씬 더 가슴 설레고 행복한 일일 것임을 조심스럽게 가늠해 본다. 또한 일터를 꿈터로 만드는 일이 조금씩 현실 속에서 이루어지고 있음을 느낀다.

꿈을 찾고 그 꿈을 꾸면 눈부신 미래가 시작된다. 꿈꾸며 사는 삶은 가슴을 뛰게 한다. 가슴이 뛰고 설레면 어떤 일에도 도전할 수 있고 해낼 수 있다. 꿈을 찾고 꿈을 향해 나아가면서 열정과 성취감을 맛보면 자존감은 당연히 상승하게 된다. 자존감이 상승하면 자기 자신을 사랑하게 됨은 말할 것도 없다. 매일이 감사의 연속이고 매일이 기대되고 설렌다.

나 또한 무지개처럼 형형색색을 뽐내는 꿈을 찾고 삶이 전반적으로 더 당당해 지고 자신감이 생겼다. 이 자신감은 곧 나에 대한 사랑으로 이어졌다. 꿈을 꾸는 삶은 당신 안에 숨어있던 잠재력을 무한대로 끌어올려서 당신의 가치를 빛나게 한다. 눈부시도록 빛나는 삶 속에서 자연스럽게 자신을 사랑하게 된다. 당신도 꿈을 찾고, 자신을 더 사랑하게 되기를 소망한다.

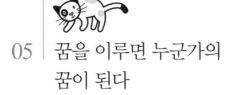

05 | 꿈을 이루면 누군가의
꿈이 된다

《빨강머리 앤이 하는 말》의 저자 백영옥은 독자의 사랑을 받는 작
가가 되기 위해 10년을 견뎠다. 10년 동안 신춘문예에서 번번이 떨어
졌다. 일약 스타덤에 오른 게 아니다. 힘들고 고통스러운 시간 동안 그
녀는 더 단단해졌고 지금은 많은 이들이 그녀의 삶을 꿈꾼다. 앤이 하
는 말과 백영옥의 삶이 뒤엉켜 돌아가는 이 책에서도 작가는 그 힘들
었던 시절을 그녀 특유의 차분하고 잔잔한 어조로 이야기하고 있다.
그리고 쓰디쓴 실패의 경험들이 지금 그녀가 쓴 많은 작품들을 읽을
만하게 만들었다고 겸손하게 말한다. 주근깨 빼빼마른 하지만 너무도
사랑스러운 앤은 어떤 사건에 부딪쳐 우울한 내게 절대, 결코, 일어나
지 않는 일 같은 건 없다고. 그럴 수도, 이럴 수도 있는 게 인생이라며
내 마음을 토닥였다.

사실 나는 본격적으로 글쓰기를 시작했을 때 날뛰는 망아지였다. 책 쓰기가 목표가 되어버린 나의 글은 정직하지 못했다. 책 한 권 쓰면 세상이 다 나를 중심으로 돌아간다고, 세상의 중심이 될 거라고 생각했다. 지금 생각하면 너무 부끄럽고 얼굴을 들 수가 없지만 이것도 지금의 나를 있게 한 삶의 일부이기에 그대로 받아들이고 더 솔직해 지기로 마음먹었다. 그 그릇된 정신 상태로 한 달 동안 빠르게 써 내려간 초고는 오만과 기고만장의 극치였다.

'나는 이렇게 꿈을 찾고 가슴 설레는 삶을 살고 있는데 너희는 도대체 뭐하고 있느냐, 인생 그렇게 무의미하게 살아서는 안 된다.'는 오만한 말을 되풀이하고 있었다. 시간이 흐를수록 책을 더 읽고 글을 쓰며 평정심을 찾아갔다. 이젠 교만이 가득했던 글을 겸손한 마음으로 고치고 있다.

책을 쓴다고 기고만장했던 교만함이 하늘을 찌르던 그 시절이 지금으로부터 딱 1년 전이다. 그 1년이라는 시간동안 정말 많은 일들이 있었다. 한 달 만에 초고를 완성했다. 그 초고를 다듬는데 반년이 더 걸렸다. 출판사 계약을 마치고 두 번째 책의 초고를 거의 다 완성되어 갈 때쯤에 첫 번째 책의 출간계약이 파기되었다. 다시 내 손에 들어온 원고를 더 현명해진 마음으로 다듬을 수 있는 감사한 기회를 가지게 된 것이다.

블로그를 통해 다양한 사람을 만난다. 어떤 이는 엄청 멋지게 포장하여 자신의 삶을 화려하게 보이려고 안간힘을 쓴다. 어떤 이는 묵묵하게 자신의 삶을 진솔하게 보여준다. 시간이 흐를수록 후자와 같은 사람은 스스로 빛을 낸다. 나도 그런 존재가 되길 바라는 마음이다. 자존감이 낮을 때는 남의 말과 글을 빌리는 것을 좋아했다. 내 말보다 권위 있는 사람의 말 한 마디가 더 무게가 있어보였다. 그러니 내 글에서는 내가 보이지 않았다.

내 블로그를 방문하는 사람은 보기에 좋아 보이는 글을 읽으러 오지 않는다. 그런 글을 읽고 싶은 사람은 전문가의 글을 보면 된다. 나는 내 스타일로 내 글을 썼다. 조금은 엉성하고 허접해도 이런 글을 좋아하는 사람이 분명히 있다. 글을 읽으면 글을 쓴 사람이 보여야 한다.

세상에 나보다 필력 좋은 사람은 얼마든지 있다. 그들을 생각하면 글을 쓸 수가 없다. 글이 써지지 않는다. 글 잘 쓰는 사람이 이렇게 많은 데 나까지 쓸 필요는 없을 것 같다. 내 글이 필요하지 않을 것 같은 마음인데 글이 써 질 리가 없다. 마음을 고쳐먹었다. 세 명의 아이를 키우는 공무원인데 글을 쓰는 사람은 드물다. 내 글은 이 세상에서 나만 쓴다. 이 세상 그 누구도 나보다 더 잘 쓸 수도 없고 나보다 더 못 쓸 수도 없다. 비교가 독이 될 뿐이고 내가 쓴 글은 나만 쓸 수 있다. 세상의 엄마들, 공무원들, 책 쓰기를 꿈꾸는 사람들, 행복의 기운을 받고 싶은 많은 이들이 내 블로그를 찾아들어와 이웃을 신청한다. 처음엔 블로그에 공무원 신분을 밝히는 것을 꺼렸다. 공무원이란 직업을 바라보는 곱지 않은 시선을 의식해서였다. 공무원인 것을 숨겼다. 하지만 삶의 일부인 '공무원'을 빼면 글이 제한적 일 수밖에 없었다.

올해가 공직 생활 10년차다. 7급 공무원이 되고도 넘을 경력이다. 그렇지만 나는 아직 8급이다. 10년 전 공무원 초임 발령지는 안성이었으나 남편 직장을 따라 수원시로 전출을 갔다. 아이가 셋이 되자 조부모의 도움 없이는 직장생활과 육아를 병행할 수 없게 되자 다시 시부모님이 계시는 안성으로 돌아왔다. 그러는 사이 8급에서 9급으로의 강임도 감수해야 했다. 안성과 수원을 오가는 사이 조직에서의 나의 인지도는 점점 사라졌다. 친한 지인들 또는 함께 근무했던 직원들 말고는 나에 대해 아는 사람이 별로 없었다.

조직생활을 하는 동안 늘 주눅 들어있었고 자신감은 바닥이었다. 이 재미없는 삶에서 벗어나고 싶었다. 내가 잘 할 수 있고 좋아하는 일을 하고 싶었다. 처음에는 휴직이라도 하고 책 읽고 글 쓰는 삶을 살아보고 싶다는 생각을 했다. 재미없는 직장생활보다 꿈을 위해 인생의 시간을 나눠주고 싶다는 생각이었다.

《글쓰기 최전선》의 저자 은유작가는 직장일과 글쓰기를 1년 동안 병행한 후 힘에 겨워 결국 직장을 그만두었다고 했다. 수입의 불안정보다 글쓰기의 불안정이 더 견디기 힘들었다며. 나는 아마 반대인가보다. 그 어느 것 하나 놓을 수 없었다. 그렇기에 오늘도 꿈과 현실 사이를 왔다 갔다 한다. 나는 내 삶을 응원한다. 둘 다 꽉 붙잡고 가는 이 노력을 옹호한다.

'삶보다 강한 꿈은 없다' 라는 생각이 들었다. 현실을 굳건히 딛고 서서 꿈을 향해 우직하게 걸어 나가기로 마음먹었다. 어느 하나의 길을 가기 위해서 다른 길을 포기해야 할 필요는 없다. 그렇게 할 수도 없다. 꿈이 없어도, 꿈길을 걷는 중에도, 또 꿈을 이룬 후에도 삶은 계속 된다.

꿈을 이뤄가는 과정을 블로그에 올리고 이렇게 책에 담고 있다. 내 마음과 삶을 들여다본 모르는 이웃들로부터 연락이 오기도 한다. 어느 날, 공무원 공부를 하고 있는 수험생으로부터 메일을 받았다.

"지금 너무 어렵고 힘들게 공부하고 있는 취업 준비생입니다. 공무원이 되고 싶다고만 생각했지 어떤 공무원이 되어야겠다고 생각해 본 적이 없어요. 현직 공무원으로 살면서 꿈을 향해 노력하는 모습 속에서 많은 동기부여를 받습니다. 앞으로도 좋은 글 많이 올려주세요. 매번 댓글은 못 달아도 긍정적 기운 받아갈게요."

메일을 받고 많은 생각이 스쳐지나갔다. 힘든 수험생의 시절을 겪었기에 그 사람의 마음 상태를 짐작하고도 남았다. 시험이 인생의 성패를 결정한다는 부담감. 나에게 기대를 걸고 있는 가족들의 시선. 이 모든 것들을 이겨내고 결국 시험에 합격해야만 한다. 합격하기 전까지 아무것도 아니다. 합격만이 고통의 시간을 보상해 줄 수 있다.

힘들고 지친 수험생활 중에 만난 꿈꾸는 공무원인 나의 모습이 조금이라도 보탬이 되었다니 기뻤다. 선배 공직자로써 내 자리를 지키며 기다리겠노라고 응원의 답문을 보냈다. 그리고 어떤 워킹 맘은 항상 일과 꿈 사이에서 휘청거렸는데 일을 꿈으로 승화시키는 모습에서 많은 동기부여를 받는다고도 했다.

우직하게 나의 길을 걸어가면서 글 쓰는 공무원, 책 쓰는 공무원, 강연하는 공무원이 되어 있는 모습을 명확하게 그려본다. 아직은 아니지만 그렇게 되리라는 강한 확신이 있다.

나는 이미 꿈을 이룬 사람이 아니라 지금도 꿈을 향해 한 발짝 씩 나아가는 사람이다. 내 꿈은 현재 진행형이다. 아주 조금 앞에 서서 걷고 있는 내가 누군가의 꿈에 조금이라도 도움이 되어 줄 수 있기를 바란다.

06 | 인생은 원래 눈부시게 아름답다

가끔은 어제가 오늘 같고 오늘이 다시 내일이 되는 평범하고 지루한 일상 속에서 삶의 소중함을 잊어버린다. 일상의 사소한 불편함에 대한 불평불만만을 터뜨리며 산다. 소중한 것을 손에 쥐고도 내가 누리고 있는 것들에 대한 감사함을 잃으면 인생은 더 이상 가슴 설레지 않고 무미건조하다.

"모든 근경은 전쟁이고, 모든 원경은 풍경 같다."는 말이 있다. 사람은 항상 가보지 않은 길에 동경이 있는 것 같다. 공무원으로 평범한 삶을 살아가고 있는 나는 1인 기업가들의 삶이 궁금하다. 내 눈에 비친 1인 기업가들은 일 하고 싶을 때 일하고 하고 싶은 일을 하면서 돈도 많이 버는 화려한 삶을 사는 것 같았다. 세상 부러울 것이 없어 보였다. 하지만 가까이 들여다보니 그러한 삶을 위해 식사시간에 밥도 제대로 못 먹고 김밥으로 때우기 일쑤고 잠도 푹 자지 못하고 항상 스트레스에 노출되어 있었다.

어떤 삶이든 직접 살아보기 전에는 그 삶에 대해 다 안다고 말할 수 없다. 멀리서 바라보았을 때는 울긋불긋 단풍이 너무 아름답고 예쁘지만 막상 가까이 다가가서 보면 단풍나무는 다 상처투성이다. 자신의 인생만 힘들고 비참한 것은 아니다. 사람은 누구나 그 사람이 짊어지고 가야하는 삶의 무게를 견디며 살아간다. 오늘도 치열하게 살아가는 삶 속에서 전쟁을 치르는 모습은 당신의 근경이다. 그러나 다른 사람들이 바라보면 부단히 움직이며 열심히 살아가는 당신의 모습은 멋진 풍경이 된다.

누구나 꿈을 이루기 전에는 치열하게 노력하는 시간이 필요하고 그 과정 속에서 실패하고 좌절도 맛보아야 한다. 그런 힘든 시간이 다가왔을 때, 가장 쉽게 할 수 있는 선택이 '포기' 다. 그것이 바로 대다수 사람이 취하는 조치다. 그것이 바로 대다수 사람이 인생의 아름다움도 맛보지 못하고 평범한 인생을 살아가는 이유다.

인생은 원래 눈 부시게 아름답지만 그 인생을 내 것으로 만드느냐 만들지 못 하느냐는 전적으로 자신에게 달려있다. 신은 우리에게 온갖 산해진미로 진수성찬을 차려 주었으나 그것을 입으로 넣어주기까지는 하지 않는다.

물, 공기, 자연 정말 소중해서 가치를 매길 수 없는 것들은 모두 공짜로 주어졌다. 그 완벽하게 세팅된 세상이라는 무대에서 눈부신 인생을 살 것인지, 그저 그런 평범한 인생을 살 것인지 결정하면 된다. 인생은 모두 마음먹기에 달려있다. 먼저 인생은 원래 눈부시게 아름답다는 것을 인정하자. 그리고 그 눈부신 인생을 마음껏 누리겠다고 결심하자. 자신이 누릴 수 있는 인생의 범위는 처음부터 끝까지 스스로 만들어나가는 것이다.

5남매 중 막내로 자란 나는 결혼 초 시어머니 앞에서도 철부지 아이마냥 까불었다. 남편은 그런 나 때문에 늘 불안했다고 한다. 아이를 셋 낳고 키우는 동안 우리는 서로를 이해하고 단점마저 사랑해주는 진짜 가족이 되었다.

여느 때처럼 출근 하는 길에 어머님도 함께였다. 올해 초부터 노인복지회관에서 바리스타로 일 하시며 본인 삶을 누리신다. 우리 둘은 아이들 어린이집 차에 태워놓고 함께 출근한다. 출근하는 길에 어머님께서 이런 말씀을 하신다.

"옥수수를 뽑아내고 그 자리에 배추를 심어야 하는데… 그래야 두 달을 키워서 김장을 한다."

난 솔직히 별 관심이 없다. 한 쪽 귀로 들어왔다 다른 쪽 귀로 빠져나간다. 그런 내 모습을 보고 있자니 순간 마음이 조금 이상해졌다. 이런 무심한 며느리가 어머님 입장에선 참 마음에 들지 않을 것 같았다.

그리고 여느 때처럼 어머님 직장에서 10분이나 떨어진 곳에서 내려드렸는데 그 때서야 어머님 손에 들린 큼지막한 쇼핑백이 눈에 들어왔다. 이미 내리신 어머님을 향해 소리쳤다.

"어머님, 제가 복지회관까지 모셔다 드릴게요. 다시 타세요."

이미 내리신 어머님은 됐다고 손사래를 치며 도망치시듯 뛰어가신다. 후회와 자책이 밀려온다. 막내로 자라며 챙김을 받는 것에 익숙한 나는 다른 사람을 챙기는 것이 몸에 배어있지 않다. 5남매 중 막내로 자란 환경이 만들어낸 나의 일부다. 내가 의식하고 있는 나의 큰 단점이다. 하루 종일 마음이 편치가 않았다. 어머님께 문자를 드렸다.

"어머님, 가끔 속이 깊지 못한 며느리라 죄송해요."

그 후 우리는 한참을 속 깊은 이야기를 나누었다. 먼저 마음을 내비춰줘서 고맙다고 하셨다. 결혼 후에도 나를 키운 건 어머님이다. 늘 생각거리를 제공해 주고 마음을 단단하게 만들어주신다. 어른 아이로 살아가지 않도록 해 주신다. 내가 글을 쓸 수 있는 것도 어머님이 옆에서 육체적으로 정신적으로 큰 힘이 되어주기에 가능하다.

모든 것은 마음먹기에 달려있다. 외적인 것보다 내 마음이 어떻게 받아들이느냐에 따라 인생은 눈부시게 아름다울 수도 죽을 만큼 힘든 것일 수도 있다. 가화만사성이란 말이 괜히 있는 말이 아니다. 어머님과 화목하게 잘 지낼 때 나머지 내 삶의 모든 부분들이 평화롭다.

자신의 삶이 지루하고 재미가 없는가. 하루하루 다람쥐 쳇바퀴 도는 것 같은 일상이 너무 허무해서 새로운 삶을 살아보고 싶은가. 주변 사람들 때문에 힘든가. 그것 때문에 아무것도 할 수 없는가. 일단 내 마음부터 바꿔보자. 사람과의 행복한 관계도 내 마음가짐에 따라 얼마든지 바꿀 수 있다. 내 인생을 바꾸고 싶다면, 먼저 내 마음부터 바꿔야 한다.

정신과 의사이자 《서른 살이 심리학에게 묻다》의 저자 김혜남은 2001년 마흔세 살에 파킨슨병 진단 받았다. 꿈을 펼쳐보겠다고 병원을 개업한 지 1년이 채 안 되었을 때였다고 한다. 처음에는 너무 억울하고 세상이 원망스러워 아무것도 못한 채 한 달 동안 집에서 누워만 있었다. 그러던 어느 날, 누워있는 다고 바뀌는 건 아무것도 없고 병이 초기 단계라 아직 할 수 있는 것들이 많다는 걸 깨달았다. 그렇게 마음을 바꿔먹고 15년을 살면서 진료와 강의를 하고 두 아이를 키우고 다섯 권의 책을 썼다.

앞으로 병이 더 악화되더라도 그때 할 수 있는 일을 하며 재미있게 살고 싶다는 그녀는 30년간 정신과 의사로 일하고, 15년간 파킨슨병을 앓으며 깨달은 것들을 진솔하게 《오늘 내가 사는 게 재미있는 이유》에 담았다. 지금 이 순간에도 꿈꾸기를 멈추지 않아서인지 사는 게 재미있다는 그녀는 이 책에서 이렇게 말한다.

"하나의 문이 닫히면 또 하나의 문이 열린다. 그러니 더 이상 고민하지 말고 그냥 재미있게 살아라!"

파킨슨병은 온 몸을 꽁꽁 묶어 놓고는 움직여보라고 하는 것이나 마찬가지라고 한다. 이 책을 읽는 내내 병마와 싸우며 살아가면서도 담담하고 공감되는 말투로 독자들의 마음을 톡톡 건드릴 수 있는 김혜남 작가가 존경스럽고 그 긍정적인 인생관을 닮고 싶었다.

나도 예전에는 내 인생이 이렇게 아름다운지, 또 감사할 게 이렇게 많은 줄 몰랐다. 내가 가지고 있는 것들을 보지 못하고 남들과 비교하며 더 가지려고 다그치며 살았다. 하지만 감사 일기를 쓰고 감사한 것들을 생각하고 또 적어보니 내 삶에 감사할 것들이 참으로 많았다. 어쩌면 건강한 몸과 정신을 가지고 살 수 있다는 것 자체에 감사하다. 삶이 감사함으로 가득 찰수록 인생이 이토록 눈부시게 아름답다는 걸 새삼 깨닫는 요즘이다. 참 감사할 일이다.

07 | 꿈 많은 엄마,
글 쓴답시고

손이 많이 가는 어린 아이가 셋이라 내 시간을 내기가 힘들지만 나는 자아실현 욕구가 강하다. 새벽에 원고와 함께 출판사에 보낼 투고인사말을 쓰는데 눈물이 났다. 엄마가 글 쓴답시고 그 동안 너무 많은 희생을 강요당했던 아이들이 떠올랐다. 빈 시간만 있으면 읽고 쓰려고 했다. 몸은 아이들을 돌보고 있는 데 머릿속으로는 글의 얼개를 짜곤 했다. 아이들에게 집중하지 못하는 날들이 이어졌다.

평온한 주말 오후, 하루 종일 신나게 뛰어 놀던 아이들이 모두 일찍 잠이 들었다. 웬 횡재인가 싶었다. 아이들이 깨어나 먹을 것을 찾을 것을 대비해 누룽지를 눌리고 오랜만에 유자차를 끓였다.

유자차를 마시며 피아노 음악까지 셋팅을 마치고 책장을 넘겼다. 정말 행복했다. 주말 이 시간에 책을 읽을 수 있다니 횡재라 생각했다.

하지만 얼마 가지 못했다. 안방 문이 열리는 소리가 들렸다.

'정녕 벌써 일어난 것이란 말이냐?'

어느새 막내가 내 품에 얼굴을 파묻는다. 허무하게 날아 가버린 너무도 짧았던 휴식 시간을 아쉬워하며 아들을 꼭 안아주었다.

'어라? 다시 잔다.'

내 다리를 베고 다시 잠이 들었다. 아들을 안은 채 책을 읽었다. 이렇게라도 책을 읽을 수 있어서 다행이다. 그것도 잠시 10분도 안 되어 완전 잠에서 깨어났다. 그럼 그렇지. 세 아이 엄마가 이 시간에 감히 책을 읽으려고 하다니. 또 한 명. 뒤이어 또 한 명이 방문을 열고 나온다. 꿈쟁이 엄마의 꿀맛 같은 휴식 시간은 이렇게도 짧게 끝이 났다.

상황이 이렇다 보니 방해받지 않고 책 읽고 글을 쓸 시간은 새벽뿐이다. 새벽 두 세 시간이 꿈을 실행할 수 있는 유일한 시간이다. 책 쓰기는 쉽지가 않다. 전업 작가도 아니니 직장인, 세 아이 엄마라는 위치를 굳건히 지키면서 흔들림 없이 조화로운 삶을 추구하기까지 많은 우여곡절을 겪었다. 비슷한 시기에 글쓰기를 시작한 지인의 출간 소식에도 동요하지 않고 꾸준히 원고와 씨름하는 일이 결코 쉽지 않았다.

책 한 권 쓰는 것이 꿈인 적이 있었다. 책이 목표가 되어버린 글 쓰는 행위는 더 이상 행복하지 않았다. 글이 풀리지 않을수록 블로그에 빠져들었다. 블로그에서 만나는 사람들과 긍정적인 기운을 주고받았다. 이렇게 블로그에 글을 쓰기 시작하면서 다시 글쓰기의 매력에 빠져들었다. 한 줄도 쓸 수 없을 만큼 곤두박질치던 자존감이 서서히 회복되었다. 얼굴 한 번 본 적 없는 많은 사람들과 글로 소통을 이어갔다. 그 중에서도 서로의 삶에 지대한 영향력을 행사하고 있는 글쓰기 사우(師友)도 만났다. 우리는 서로 사우다.

명나라 사상가 이탁오는 다음과 같이 말했다.

"친구이면서 스승이 될 수 없다면 진정한 친구가 아니다. 스승이면서 친구가 될 수 없다면 진정한 스승이 아니다."

사우는 인간이 맺을 수 있는 최고의 관계다. 제주도 사는 보미씨는 나의 글쓰기 사우다. 어느 날 블로그에 '당신은 사우가 있습니까?' 라는 제목의 글을 올렸다.

우리 둘은《대통령의 글쓰기》저자 강원국의 블로그 글에 서로 앞 다투어 댓글을 달다 만났다. 그녀의 블로그에 들어가 보았다. 나이가 같고 세 아이 엄마라는 공통점이 있었다. 그것 말고도 그녀 또한 나처럼 책 읽고 글 쓰는 삶에서 행복을 느끼는 꿈 많은 엄마였다. 그녀의 글에 담긴 삶을 들여다 볼 때마다 공감과 자극을 동시에 받았다. 우리는 서로에게 사우이며 서로의 삶 속에서 긍정적 영향을 주고받는다. 다음은 내 글을 읽고 그녀가 자신의 블로그에 올린 답 글이다. 우리는 서로가 서로에게 사우다.

송이씨는 나의 사우다. 송이씨는 아이 셋 엄마, 공무원이다. 아이들 나이도 나와 비슷하다. 나보다 시간 여유가 없다. 나는 휴직을 하고 집에서 쉬고 있다. 송이씨는 매일 출근하고, 일하고, 퇴근한다. 게다가 난 딸 셋, 송이씨는 딸 하나 아들 둘. 어디로 봐도 송이씨는 나보다 시간과 체력이 여유롭지 않다. 가끔씩 평일에 여유를 부리다 송이씨 생각을 할 때가 있다. 괜히 조금 미안해진다. 희한한 일이다. 얼굴 한 번 본 적 없는 사람에게 이런 감정이 생기다니.

블로그를 통해 이웃이 된 우리는 어느새 우정 어린 관계가 되었다. 사우가 되었다. 스승으로서, 송이씨는 '했고', '하고 있다'. 그녀는 공저로 출간 된 책이 있고 개인 저서도 나올 예정이다. 그녀는 두 번째 책의 초고를 쓰고 있다. 그러면서 간간히 나에게 말한다.

"보미씨도 써요. 할 수 있어요."

그 말을 들을 때마다 나 같은 사람이 어떻게 감히 책을 쓰냐고 생각했다. 그러나 송이씨는 나에게 여러 번 말했다. "나도 썼다. 당신도 할 수 있다." 이렇게 해 보라며 방법도 알려주었다. 나의 사우, 송이씨. 당신이 내게 말한 여러 번의 조언을 디딤돌 삼아 이제 나는 조금씩 키보드를 두드리기 시작했어요.

처음에 나도 책 쓰기 강연을 듣고 마음이 동해서 책을 쓰기 시작했다. 이제는 내가 블로그 글을 통해 연결된 누군가에게 동기부여 해 줄 수 있다는 사실이 신기하고 감사하다. 이런 바람직한 사우의 관계로 나는 더 좋은 글을 쓰고 싶은 욕구가 강해진다.

어쩌면 블로그에서 만난 수많은 이웃들이 끝까지 포기하지 않고 글을 쓰게 만들어 준 것인지도 모르겠다. 책을 기다리고 있다는 따뜻한 말 한마디에 기운이 났다. 벌써 출간 된 줄 알고 책 제목이 뭐냐고 묻는 사람들도 있었다. 글을 쓰지 않을 수 없다.

책 한 권 써 내는 과정 속에서 인생을 배웠고 인생의 쓴 맛, 단 맛을 보았다. 오만과 겸손 사이를 오가는 동안 겸손의 그림자라도 따라갈 수 있는 사람으로 성장했다. 꿈 많은 엄마가 글 쓴답시고 나 자신을 포함해서 참 여러 사람 피곤하게 했다. 그럼에도 불구하고, 해 볼 만 한 일이었다고, 내 삶 뿐 아니라 많은 사람들의 삶에 선한 영향력을 미칠 것이라 기대하고 있다.

작가는 두 개의 삶을 동시에 살아간다. 깨어있는 시간동안 직장 일을 하고 또 퇴근 후에는 엄마로 아내로 내 삶의 최전선에서 최선을 다한다. 그리고 새벽이면 작가로 내면의 나와 마주하며 글을 써 내려간다. 두 번째 삶 속에서 첫 번째 삶을 곱씹으며 나를 둘러싼 모든 것들을 다시 들여다본다. 조류에 떠밀리듯이 정신없이 살아낸 시간들을 천천히 음미하며 끄집어낸다.

블로그와 같은 공개된 공간에 글을 쓰고 세상과의 소통을 시작하면 생각지도 못했던 사람들과 연결된다. 한 사람과의 연결이 결코 하찮게 생각할 일이 아니다. 글을 썼음으로, 글을 쓰고 있기에 귀한 인연과의 감사한 연결은 계속 되고 있다. 내가 가장 좋아하는 정현종의 시《방문객》을 마음에 새겨 본다.

"사람이 온다는 건 실은 어마어마한 일이다. 그는 그의 과거와 현재와 그리고 그의 미래와 함께 오기 때문이다. 한 사람의 일생이 오기 때문이다."

꿈을 가지면 행복하다. 그러나 가지고만 있으면 오래가지 못한다. 꿈은 제자리에 있지 못한다. 키우거나 죽거나 둘 중 하나다. 나는 키우기로 결심하고 최선을 다하고 있다. 곧 나의 꿈이 현실이 되고 또 그 현실에서 더 큰 꿈을 키울 것이다.

08 | 꿈꾸는 여자가 행복하다

어렸을 때 감명 깊게 읽은 책 《이상한 나라의 앨리스》에는 다음과 같은 대화가 나온다.

"어느 길로 가야 하는지 가르쳐줄래요?" 앨리스의 질문에 고양이가 대답했다.

"어디를 가는지에 따라 답은 달라지겠지."

"어디든 별로 상관없는데......."

"그러면 어느 길로 가든 상관없겠네."

혹시 앨리스처럼 인생에서 원하는 꿈, 목적 없이 '길'을 찾아다니고 있는 건 아닌지 생각해 보자. 만약 꿈이 없다면 어디에서 무얼 하든 인생은 크게 다르지 않을 것이다. 백 년 전 미국의 철학자 데이비드 헨리 소로는 "대부분의 사람은 조용한 절망감 속에서 살아간다."고 말했다. 단언컨대 꿈이 없다면 지루한 삶을 반복할 수밖에 없다.

가끔 생각한다. 내가 학창시절에 아니 적어도 대학생 때 더 큰 꿈을 꾸고 더 큰 세계를 품에 안았다면 지금 어떻게 살고 있을까? 꿈을 향해 가는 일은 도전이다. 당연히 도전에는 실패가 따르기 마련이다. 하지만 생각해 보면 내 인생에 실패 경험이 별로 없다. 항상 한계를 정해 놓고 이룰 수 있는 목표만을 세우고 그것을 이루며 살아왔다.

이탈리아의 화가이자 조각가이며 건축가 미켈란젤로는 이런 말을 했다.

"목표를 지나치게 높이 잡아 그 목표를 달성하지 않는 것보다, 목표를 지나치게 낮게 잡아 무난히 달성하는 것이 더 위험한 법이다."

맞다. 지금까지 목표를 지나치게 낮게 잡아 무난히 달성하는 삶에 안주하며 살아왔다. '내가 조금 더 큰 꿈을 품고 살았다면 지금 삶이 더 풍요롭지 않았을까?' 라는 생각을 해본다. 꿈을 꾸기 전에는 그런 생각조차 마음에 스며들지 않았다. 꿈꾸는 삶은 이처럼 삶에 대해 여러 가지 생각을 하게 해 주었다. 꿈을 찾고 꿈을 향해 나아가는 과정에서 잠재력을 최대한 끌어올리면서 예전에는 몰랐던 진정한 행복감을 느꼈다.

이제부터 이 꿈길에서 더 큰 꿈을 꾸고 실제로 꿈이 이루어진 장면을 생생하게 그릴 것이다. 이렇게 하면 매사에 '나도 할 수 있다' 는 자신감이 생긴다. 그러면서 꿈 너머 꿈을 꾸게 된다.

매주 월요일마다 회사에서 사내방송을 한다. 30분 정도 한 명의 음악가를 정해서 그 음악가의 생애를 소개하고 음악을 들려준다. 직원이 직접 진행한다. 그 방송을 들을 때마다 책 소개를 하면 좋겠다는 생각을 하곤 했다. 기회가 된다면 혹은 기회를 만들어서 내가 읽은 책을 블로그에만 올릴 게 아니라 직장 동료들과 함께 나누고 싶다는 생각을 혼자 했다.

그러던 어느 날 직장인 독서모임 날 나는 그 날도 지정도서를 읽고 이미 블로그에 올린 독후감을 낭독했다. 회원들이 갑자기 방송 이야기를 꺼냈다.

"송이씨, 사내 방송에서 독서코너 하면 진짜 잘 하겠다. 목소리도 딱 어울리고 감정 살려서 진짜 잘 읽네."

정말 행복했다. 혼자만 생각하던 일을 다른 사람 입을 통해 들으니 날아갈 듯 기뻤다. 한 권의 책을 읽고 블로그를 통해 온라인 세상 속에서 마음을 나눈다. 이렇게 오프라인 독서모임에서 한 번 더 책을 다룬다. 감명 깊게 읽은 구절을 소개하고 내 생각과 느낌을 방송으로 전할 수 있다면 얼마나 좋을까? 정말 상상만으로도 정말 멋지고 감사한 일이다.

꿈을 꾸고 자신 안의 행복이 넘치면 자연스럽게 자신의 행복이 다른 사람에게도 전해진다. 내 주위의 많은 사람들이 나로 인해 행복해

한다. 내 행복을 주위의 소수의 몇 명한테 뿐만 아니라 더 많은 사람들에게 전해주고 싶다는 생각이 들었다. 평범한 세 아이 엄마가 꿈을 찾아 가는 과정에서 행복하고, 성장하는 모습 자체가 도전과 변화를 두려워하는 이들에게 동기부여가 될 것이다. 나는 요즘 얼굴에서 빛이 난다며 무슨 좋은 일 있냐는 말을 가장 많이 듣는다.

전에는 삶에 지친 모습을 하고 다녔다. 항상 피곤했다. 집과 직장을 오가는 피곤함 속에 심신을 기댈 곳이 없었다. 지금보다 잠도 더 많이 잤는데도 피곤함은 항상 내 삶의 동반자였다. 하지만 지금 내 삶의 동반자는 바로 꿈이다. 꿈을 내 편으로 만들자 잠자는 시간이 줄어도 삶은 항상 활기로 넘친다. 주위의 많은 사람들이 얼굴에서 빛이 나는 비결을 궁금해 한다.

마음 속에 꿈이 가득하니 삶은 예전보다 더 행복하다. 요즘은 만나는 사람마다 어떻게 세 아이 키우며 직장생활 하는 엄마가 이렇게 밝을 수 있냐고 말 한다. 얼굴에서 빛이 난다면서 덩달아 행복해 진다고 한다.

인생은 끊임없는 선택의 연속이다. 새로운 것을 시작하는 일은 어려운 일이 아니다. 마음을 결정하고 선택하면 된다. 그러기 위해서는 마음을 먼저 바라봐야 한다. 자신이 무엇을 할 때 가장 행복한지 알아야 한다. 무엇을 할 때 가장 행복한지, 무엇을 하고 있을 때 몰입을 하면서 얼굴에 미소가 지어지는지, 시간이 있을 때 무엇을 가장 하고 싶은지 나에 대해서 공부 해야 한다.

어느 날, 책을 보다 내가 어떨 때 가장 행복감을 느끼고 내 삶의 공간들을 어떻게 채우며 살아가고 싶은지 행복한 상상을 해 보았다.

첫째, 햇빛 들어오는 책상에 앉아 커피 마시며 남편과 책 읽기

둘째, 클래식 음악 들으면서 혼자 책 보고 글쓰기

셋째, 내 몸이 스스로 깨어날 때까지 실컷 자기

넷째, 자연 속에서 아이들과 뛰어놀기

다섯째, 매 순간 순간에 최선을 다하기

여섯째, 가족들과 맛있는 음식 먹고 산책하기

일곱째, 숨을 몰아쉬어야 할 정도로 강한 강도로 운동하기

아홉째, 매일 '미라클모닝' 경험하기

아홉째, 책과 강연을 통해 사람들과 소통하는 삶 살기

열 번째, 매일 감사 일기를 쓰고 '감사함'이 주는 삶의 기적을 매일 경험하며 살기

글로 쓰는 순간, 나에 대해 더 자세히 알게 되었다. 나는 책을 읽고, 글을 쓰고, 운동을 하고 사람들과 소통하는 삶을 꿈꾸는 사람이다. 무대 위를 종횡무진하며 경험과 지식을 나누는 모습을 상상하는 것만으로도 행복하다. 사람은 꿈 꿀 수 있을 때 행복하다. 하지만 꿈을 꿈으

로만 남겨두어서는 안 된다. 꿈을 현실로 바꿀 수 있어야 한다. 내가 꿈꾸는 미래가 당연한 일상이 되게 해야 한다.

꿈을 꾸고 그 꿈을 이뤄가는 과정 속에서 도처에 널려있는 행복을 맛보게 될 것이다. 꿈을 이미 이룬 당신의 모습을 상상해보라. 벌써 입가에 미소가 지어지지 않은가? 마음속에 머물던 꿈에게 날개를 달아주는 순간, 상상하는 것보다 더 행복한 미래가 우리를 맞아줄 것이다.

꿈을 향해 나아가는 과정 속에서 가장 나다운 삶을 누리며 행복을 만끽하게 된다. 인생에 꿈이 더해지면 더 행복해진다. 행복은 내 안에 있다. 다른 누군가에 의해 행복이 만들어지는 것이 절대 아니다. 예전에 직장생활을 하며 아이만 키울 때보다 잠도 줄고 육체적으로 훨씬 피곤한 삶을 살고 있지만 가슴 한 구석이 텅 빈 것 같은 느낌은 완전히 사라졌다. 그동안 항상 무언가가 비어있는 것만 같았던 삶의 구석구석이 조금씩 나 자신을 찾아가는 성취감과 행복감으로 채워졌다.

꿈은 이렇게 우리의 삶을 풍요롭게 하고, 행복하게 만든다. "생각하는 것이 인생의 소금이라면 희망과 꿈은 인생의 사탕이다. 꿈이 없다면 인생은 쓰다."라는 말이 있다. 인생이 재미없다고 환경만 탓하고 있지 말고 항상 꿈에 열광하고 꿈꾸는 삶을 살아보자. 결국 꿈꾸는 여자가 행복하다.

"꿈 많은 엄마, 글 쓴답시고"

내 나이 서른여섯. 일과 동시에 책 쓰기를 시작했다. 책 쓰기가 인생 로또 복권이라 여겼다. 직장 생활을 하며 세 아이를 키워내는 삶 속에서 점점 사라져가는 내 삶을 붙잡아 줄 확실한 '꿈' 처럼 보였다.

1년 전 가슴 뛰는 꿈을 만났다. 흐릿한 소망으로 마음속에만 존재하던 꿈이 격렬하게 꿈틀거리기 시작했다. 꿈을 만난 후 하루하루가 가슴 뛰는 삶으로 변했다. 모든 삶이 나를 중심으로 돌아간다는 생각이 들었다. 점점 오만과 기고만장함이 삶을 채우기 시작했다. 처음 느껴보는 열정과 잠재력에 나 스스로도 놀랐다. 새벽 4시도 안 된 시간에 눈이 떠졌다. 빠른 시간 안에 내 이름이 들어 간 공동저서가 출간되었다. 본격적으로 내 이름을 건 블로그를 만들었다. 지금 와서 생각해보면 이 모든 것들이 수단과 목적이 뒤 바뀐 결과물이었다. 성공과 부에 대한 욕망이 마음을 가득 채웠다.

한 권의 책을 써 내기 위해 글을 썼고 그 책을 홍보하기 위해 블로그를 만들었다. 끊임없이 남들과 비교하며 빠른 시간 내에 책을 써 내야 한다는 강박은 나 자신을 속이고 본성을 억압한 글을 써내는 결과를 낳았다.

눈에 불을 켜고 모니터를 뚫어져라 쳐다보며 글을 써 내려가는 시간들이 늘어갔다. 그 시간 속에서 아이들은 점점 귀찮은 짐짝처럼 느껴졌다. 내 행복과 아이들의 행복은 수시로 부딪혔다. 그 당시에는 죄의식도 없었다. 빨리 끝내 버리고 온전한 '엄마'로 돌아오면 된다고 생각했다. 아주 잠시 엄마의 시간을 엄마의 꿈에게 양보하는 것뿐이라고 스스로를 다독였다. 이 토닥임이 그 충돌의 시간을 버티게 했다. 글 쓴답시고 아이들을 내 팽개친 지 한 달만에 초고를 완성했다.

초고는 그야말로 오만과 기고만장으로 점철된 쓰레기였다. '나는 이렇게 꿈을 만나고 세 아이를 키우고 직장 생활까지 하면서 새벽에 일어나 글까지 쓰는데 너는 뭐하고 있느냐'고 끊임없이 변화를 강요하며 불편하게 만들었다.

처음 꿈을 만나고 미친 듯이 빠져들었다. 지금 현재 발 딛고 서 있는 한 남자의 아내, 세 아이 엄마라는 삶에 충실하지 못했다. 삶이 점점 뒤엉키지 시작했다. 내 꿈을 찾는답시고 가족들에게 너무 많은 희생을 강요했다. 내 가슴은 분명 다시 뛰기 시작했는데 아이들에겐 늘 미안했다.

초고는 쓰레기 같았으나 1년 이란 시간 동안 내 품에서 고치고 또 고치면서 그래도 읽어볼 만한 글이 되었다. 초고를 고치는 시간동안 조금씩 단단해 지고 성장했다. 겉모양만 화려했던 블로그에 꿈을 향하는 발걸음들을 실시간 중계하듯 글을 썼다. 가감 없이 있는 그대로의 내 모습을 솔직하게 드러낸다. 교만의 선봉에 서서 글을 썼던 초창기 글에 비하면 지금의 글은 겸손의 그림자라도 따라가는 모습으로 달라지고 있음을 느낀다. 내 삶의 여러 모양과 여러 부분에서 성장과 단단해짐이 엿보인다.

책을 쓰니 책임감이 생겼다. 책에서 말하는 대로 삶을 꾸리려 애썼다. 말 뿐이 사람이 되지 않으려고 노력했다. 책에서 해 놓은 말이 있으니 엉망으로 살지 못한다. 내가 잘 살아야 좋은 글이 나온다. 좋은 글은 좋은 삶을 이끌고 좋은 삶은 좋은 글을 낳는 사는 것과 쓰는 것의 선순환이 일어났다.

얼마 전, 식당에 갔다. 전통적인 분위기와 음식 맛이 일품이었다. 감동한 마음을 담아 블로그에 식당 소개 글을 올렸었다. 식당 주인이 나를 알아보았다. 블로그에 글 잘 써 줘서 고맙다고 했다. 블로그의 사진을 보고 나를 알아본 것이다. 내 글 덕분에 손님이 늘었다고도 했다. 밥값을 받지 않으신단다. 대가를 바라고 쓴 글은 절대 아니었다. 내가 좋아서 하는 블로그 글쓰기다. 생각지 못한 호의에 기분이 날아갈 듯 좋았다. 나를 알아봐 준 것에 감동했다. 다 블로그 덕분이다.

강원국 작가님은 한 칼럼에서 다음과 같이 말했다.

"글 쓰는 사람은 태생이 '관종(관심종자)'이다. 이들은 글을 들고 독자 앞에 나선다. 보여주기 위해 글을 쓴다. '나는 이것을 알고 있고 이렇게 생각하고 느꼈고 깨달았다.'고 얘기한다. 자신을 드러낸다. 이것이 나라고 외치는 것이 글쓰기다."

이 말에 전적으로 동의한다. 나도 철저한 관종이다. 뼛속 깊이 관종인데 현실 속에서 아무도 내게 관심이 없다. 내 존재는 늘 어정쩡하고 현실 속 삶은 구질구질하다. 현실 속에서는 아무것도 아닌 미천한 존재가 블로그 세상에서 사람들 삶에 선한 영향력을 미친다. 글쓰기는 보잘 것 없어 보이던 내 삶이 가치 있다고 말해 주었다. 자존감을 높여주었다. 내가 괜찮은 사람일지도 모른다는 생각을 들게 했다. 삶의 반경이 늘어나 귀한 인연을 맺게 해 주었고 삶은 좀 더 풍요로워졌다. 흐트러져 있던 삶의 결이 정돈 되었다. 여기 저기 뿌려 놓은 행복의 씨앗들이 싹을 틔운다.

블로그 덕을 많이 보고 산다. 현실을 굳건히 딛고 서서 단 1% 행동하는 것들을 하나하나 블로그 글에 담았다. 1%의 행동으로 시작한 도전이 책도 쓰게 했다.

책을 한 권 쓰는 과정은 정말 아이 낳는 것과 똑같다. 아이를 세상에 내놓기 위해 열 달 동안 뱃속에서 키웠다. 너무 힘들어서 빨리 꺼내버리고도 싶었다. 다 그만 두고도 싶었다. 전 과정을 끝마치고 나서 깨달았다. 시간이 필요한 일임을. 무를 수도 던져버릴 수도 없는 참혹과도 같은 형벌의 시간을 견뎌내야 책이 된다. 처음 책 쓴다고 호들갑 떨 때 책이 세상에 나오면 인생이 완전 달라질 줄 알았다. 이제 조금은 알았다. 인생은 크게 달라지진 않을 것이다. 다만 내 마음가짐, 삶을 대하는 태도가 이미 달라졌다.

이제 책 덕도 좀 보고 살려고 한다. 책에 담은 내 인생이 앞으로 살아갈 내 삶의 든든한 버팀목이 되어 줄 거라 생각한다. 내가 쓴 글은 내 삶의 든든한 지원군이다. 이 고단한 삶을 살아내느라 휘청거릴지언정 넘어지진 않을 것이다.

미천한 글이 책이 되어도 되는 지 생각하단 절대 이 부끄러운 글을 세상에 내 놓지 못한다. 이 한 권의 책에서 내가 가진 생각을 모두 담아내려 하는 건 과욕이다. 완벽한 책을 내는 건 애초에 가능한 일이 아니다. 내 실력이 여기까지라면 여기까지 하고 그 다음은 그 다음 책에서 보여주기로 마음먹었다. 이 결심이 책에 마침표를 찍게 해 주었다.

책 쓰는 것도 마찬가지고 내가 꿈을 향해 나아가는 데 필요한 건 늘 1%의 행동이었다. 이 책이 꿈조차 꿀 수 없는 치열한 일상 속에서 만난 단비가 되었길 바란다. 독자 여러분의 가슴을 뛰게 하고 작은 행동을 시작하게 했다면 참으로 감사할 일이다.

내가 당신 삶의 일부가 될 수 있었음에 다시 한번 감사하며 이 글을 마친다.

2018년 4월

행복한 꿈쟁이 작가 **이송이**